蔡瑜 著

中國抒情詩的世界

臺灣學生書局 印行

再版說明

中山學術文化基金會為加強青年及一般國民之通識教育，特於民國八十五年主編「中山文庫」一套，內容以人文、社會、科技為主軸，邀請海內外專家學者撰寫，計共百冊，每冊十萬字為度，俾能提倡社會讀書風氣，形成書香社會。交由臺灣書店印行，現該書店業已結束經營，而文庫諸書亦多已售罄。基金會即商請再版印行。本書局在臺成立四十六年，主要以提倡學術文化，建立書香社會為職志，而文庫之內容簡明扼要，論述鞭辟入裏，必能裨益學林，遂欣然同意陸續規劃發行。爰以再版在即，敘述緣起如右。

臺灣學生書局　謹啟

中華民國九十三年九月

序

中山先生不僅是創立中華民國的　國父，而且也是廣受國際人士推崇的一位偉大的思想家。中山先生自謂其思想學說的主要淵源，乃係數千年來中華民族文化的一貫道統。而孔子的大同思想，尤爲其終身所嚮往。故中山先生一生欲謀解決的，乃是中國和全世界人類的共同問題。他的思想學說之所以能夠受到各國有識之士的重視，自非無因。

蔡元培先生所撰之「三民主義的中和性」一文中，談及古今中外許多思想家和政治家所提出的解決人類問題的主張，大都趨向於兩個極端。例如中國法家的極端專制，道家的極端放任。又如西方人士主張自由競爭的，則要維持私有財產制度；主張階級鬥爭的，則要沒收資本家的一切所有，這些都是兩極端的意見。而具有「中和性」的三民主義，則是「執其兩端，用其中」，主張不走任何一端而選取兩端的長處，使之互相調和。所以蔡先生說：「能夠提出解決人類問題的根本辦法的，祇有我們孫先生，他的辦法就是三民主義。」因此蔡先生一生服膺三民主義，成爲中山先生最忠實的信徒。

從中山先生傳記中，可知他青年時期所接受的是醫學的專業教育，故對自然科學具有良好的基礎。加以他博覽中國的經史典籍，並精研西方的「經世之學」，所以他的思想學說，實涵蓋了人文、社會及自然科學的各種領域。因而他對達爾文的進化論、馬克斯的唯物史觀以及西方的資本主義，均能指出其錯誤和偏差。而中山先生一生主張「把中華民族從根救起來，對世界文化迎頭趕上去」。正如孔子一樣，他眞正是一位「聖之時者」的偉大人物。

中山先生常言：「有道德始有國家，有道德始成世界」。環顧今日國內則社會風氣日趨敗壞，「四維不張」，人心陷溺，而國際間則爾虞我詐，戰亂不息。在整個世界人人缺乏安全感的環境中，我們更不能不欽佩中山先生數十年前的眞知灼見。他這兩句特別重視道德的「醒世警語」，實在是人類所賴以共存共榮的金科玉律，更爲一種顚撲不破的眞理。今日由於交通及電訊的便捷，有人常稱現在全世界爲一「地球村」，但如在此地球村生存的人沒有「命運共同體」的意念，則所謂地球村，僅係一空洞名詞。中山先生所遺墨寶中，最常見者爲「博愛」與「天下爲公」數字，我們倘能廣爲宣揚他這種「爲往聖繼絕學，爲萬世開太平」的理念，則大家所居住的地球村，將可呈現一片祥和的景象，使人類獲得永久的和平與幸福。

中山先生一生特別強調「實踐」的重要，故創有「知難行易」的學說。所以我們今日研究中山先生的思想學說，似不宜專注意於其理論的層面，而應以中山先生思想學說的重要理念爲基礎，進而參酌各種學術研究的最新成果，與世界潮流未來發展的趨勢，以及我國社會當前的實際需要，藉使中山先生思想學說的內涵，能不斷增補充實，與時俱進，成爲「以建民國、以進大同」的主要指標。

中山學術文化基金董事會自民國五十四年成立以來，即以闡揚中山先生思想及獎勵學術研究爲主要工作。余承乏董事長一職後，除繼續執行各項原定計畫外，更邀請海內外學術界人士撰寫專著，輯爲「中山叢書」及「中山文庫」。同時與報社合作，創刊「中山學術論壇」。此外，復就中山先生思想體系中若干易滋疑義之問題，分類條列，悉依中山先生本人之言論予以辨正。務期中山先生思想在國內扎根，向國外弘揚，並進而對促成中國和平統一大業能有所貢獻。

劉真

中華民國八十三年六月
於中山學術文化基金會

目次

導言

「詩」總是動人的，「抒情詩」更是引人遐思的，中國文學積累了數千年的抒情傳統，是如何蘊蓄出詩歌特有的抒情世界？這將是本書一步一步要爲讀者展演的。

「詩」是什麼？

當我們問「何謂詩？」時，必然會湧現許多的答案，或者從內容的角度說詩是表達情感的，或者從形式的角度說詩是凝鍊並具有韻律的語言文字，當然也可以比較聰明的將二者綰合說成：詩是以凝鍊並具有韻律的語言文字來表達情感的；至於比較專業的說法則可能是：以意象化、韻律化的文字來抒情言志的一種文體。這些說法都相當程度觸及到詩的特質，幫助我們想像詩的形象，但是，不可否認的，這些簡要的定義即或不引人質疑也難免有再加詮釋的必要，因爲，儘管是看起來最容易理解的情感、形式、語言等詞語，在定義上都是充滿歧義的，更何況是諸如意象、韻律、抒情等專門用語；再加上詞語本身的歷史發展與文化衍異，更難「一言以蔽之」。因此，無論過去我們採行的是那一種概念，都有必要更進一步，以詩歌欣賞的實際活動爲基礎逐步豐富我們欣賞詩歌的視角、深化我們對詩歌的理解。

當我們說詩歌是「表達情感的」，雖然大部分的人都會認同，但是我們不但可以追問：一定是表達情感嗎？可不可以是敍說故事呢？也可以反問：表達情感的都是詩嗎？我們不僅立刻會意識到詩有別於繪畫、音樂等藝術，而是以語言文字爲媒材的特性，並由此衍生出詩與散文、小說的文類界限問題。因而，詩是屬於文學的創作，有其特殊的「形式」特質，便躍居最爲關鍵的標幟，只是，「形式」又是什麼呢？該如何認取及掌握呢？形式與所謂的情感內容之間的關係又該如何看待呢？以下我們便用實例逐步說明這些問題。

李白的〈靜夜思〉：「床前明月光，疑是地上霜。舉頭望明月，低頭思故鄉。」是一首家喻戶曉的思鄉之作；同樣的，孟浩然〈宿建德江〉：「移舟泊煙渚，日暮客愁新。野曠天低樹，江清月近人。」中，雖然看起來多是寫景之句，但透過抒情的詩句「日暮客愁新」也不禁含蓄地流洩出客居他鄉的愁思，傳達了眷眷鄉情。懷鄉是所有離家之人共同的經驗，不僅是文人，尋常百姓也時時有著類似的心情，漢代留傳有這樣的一首歌謠：「高田種小麥，終久不成穗。男兒在他鄉，焉得不憔悴？」懷鄉之情溢於言表，如果我們只看重詩作爲傳達情感的功用，這些作品都可以簡化成「我好想家！」一句話，如果只爲了如此單一的功能，詩人爲何不直接了當地明說呢？或者反過來看，只是這麼簡單的陳述是不是就不算詩了？這讓我們意識到原來一種鄉愁在詩人的筆下卻能幻化出多樣風貌，而這些風貌可以說就是詩人賦予鄉愁經驗的不同「形式」，「形式」透過詩人對外物的感興，將抽象的情思轉化成可以用心靈、感官具體領會的質素。在李白詩中，鄉愁是經由皎潔如霜雪的月光所引發，詩人在此明亮的夜色中，一夜無眠，俯仰之間心頭所縈迴的只是故鄉的一切；李白提供了思鄉當下的具體情境，讓讀者可以透過種種圖象喚起心靈的感應，李白的鄉愁形式便與月光密不可分。孟浩然的鄉愁則是由一次旅宿經驗所引生，時間由黃昏推移到夜晚，詩人以一幅曠野遼闊，江月近人的遠觀與近覿，讓讀者共體一種迥異於過往的鄉愁經驗（客愁新）；任何情感經驗都是落實於具體情境的，「新」字道出了身處他鄉的疏離感，促使不斷湧現的鄉愁，成爲深切而新穎的情感體會；但詩人並未一任這種孤寂疏離繼續蔓延擴散，而是在清江月影的賞玩中尋得一種近似於家鄉的親切情味，從而獲得了撫慰。至於那首漢代歌謠，則呈現出素樸的本質，就近取譬，以小麥移居高地便無法結穗的農村經驗爲喻，體現人與鄉土密不可分的關係，進而直抒客居他鄉形容憔悴的身心之感。這些鄉愁的「形式」都是根植於詩人的經驗，因而有著屬於不同詩人各自特有的風貌；只是所謂「經驗」實是極爲寬廣的，不但是實然的經歷，也是心靈的感受，更可以是想像的歷程。我們無法想像少了這諸般「形式」，還有所謂的「詩」可言嗎？讀者又如何能夠認取區辨詩人的心路歷程呢？因而，「形式」無疑是進入詩的基本憑藉。

不過，當我們經由形式感覺詩人如此親切如實地以其所身在的情境表達他的情感時，我們也不能忽略詩的最後呈現終究不只是一種情感記實或表述，而是詩人經過選擇、創造的表現，而此創造與表現的結果，不僅是情感的修飾與美化，更足以形塑、創造了情感。因爲，我們當然可以相信，李白在月夜之下，所思所想、所觀所聞，絕不僅於月色一端，但是李白將他的鄉愁只凝聚於銀色的月光，這就是一種選擇，而讀者也只能透過詩人所營造的意象來體察詩人的這份鄉愁，這就是詩人所創造的意境；除此之外，我們無由感知任何詩人的情感，而詩人的情感也只在此形式中展現。同樣的，孟浩然之作像在記錄旅宿的過程，實則，一幅幅美景都是選擇與安排的結果，詩人深契以翫景來顯情的創造手法。而漢歌謠中麥穗萎頓與容顏憔悴的疊映，該又是一種記憶與現實間的聯想創造吧！因而，對於詩而言，情感與形式的關係實是互動與互塑的。我們固然可以在分析具體的形式後，回溯到詩人可能是先有一份懷鄉的情感，然後才選文配辭「表述」出來，但是我們不能否認這是體察到形式之後的「後見之明」；換言之，當詩人的情感只在心中迴盪時，因爲不具有任何可以感知的形式，不但讀者無法體察（其實此時根本是無所謂讀者的），即或是在詩人自身也可能只是一種混沌不明的情緒而已，唯有賦與形式才能被清楚感知。

至於詩的形式媒介自然是語言文字，透過語言文字的組構才能成其為詩。但是當我們強調詩是語言文字的組構時，不能落入以「傳達」、「講述」的功能來定位詩之質性的陷阱，詩人並非僅止於要告訴我們他的鄉愁，而是創造了感受鄉愁的形式，讓我們對於人類此一共有的情愫能因詩人的創造而有嶄新或深化的體認，進而豐富我們的生命體悟。此一形式雖然依賴於文字語言表而出之，但是，並不依賴理性與邏輯的直接表述與申明，而是創造出種種多采多姿的心靈映象與情感符號，由於讀者是透過形式來感知詩人的心靈世界，那麼形式本身豈不決定了詩的情感？

總而言之，當我們進入「詩是什麼？」的思維時，首先應該緊扣詩是一種藝術創造、並不以實用為目的的本質，因而，不能以了解「詩人傳達了什麼？」為滿足，或以此作為評鑑的標準，而應細心體察詩人如何為原始的情緒、意念、感受由無至有地創造了可供感知的形式，形式不僅是韻律、節奏、意象、譬喻、象徵等分項質素，更是具體渾融的整體風貌。任何字辭的選用，不能視為一種外在的修飾，其本身即是內涵的構成條件，如詩人謝脁說「大江流日夜，客心悲未央」時，詩人選用了川流不息的江水來表現內在的情思，他的鄉愁便顯示出浩蕩洶湧，日夜不停的質素，自然與李白以靜夜的月光為情境，有著迥然不同的意味，沒有了這些不同的意味，我們便很難掌握所謂詩人的情感，也因為詩人的形式創造，也使詩中所呈顯的情感不再是始原的，而是審美的情感。情感與形式的互涵，正是詩之所以為詩的本質，也是所有藝術的原理。

由此可知，形式是詩之所以為詩的關鍵，而所謂的形式無疑的是相當廣義的，幾乎等同於詩的整體外觀，但作為一種語言文字的藝術形式，作者如何發揮語言文字的特性來創作；讀者又透過怎樣的語言文字分析來具體掌握詩的形式特質，仍是我們在學習析解、領會詩時所不可或缺的認識。接下來我們便以意象化、韻律化兩個要素來談詩的形式特質，二者可謂詩的形式生命。

首先談意象化，「意象」的概念可以運用於多種藝術上，是指人類透過感官如眼、耳、口、鼻、皮膚等乃至於心靈所可感知的具體形象。落實在詩歌藝術上，將一個可用感官體察的事物或用心靈知覺的經驗，以文字作具體的描述呈顯，便形成詩中的意象。詩人通過文字塑造所感知的意象、讀者經由詩中意象心領神會，都是一連串經驗的喚起與再生，因而，作詩、讀詩皆立基於種種經驗圖象的交疊穿織。中國詩學傳統中的賦比興手法本身即是意象營構與詩意呈現的交綜；現代批評中所謂的明喻、隱喻乃至於象徵、神話，也都是經由初始的意象所引發的層層繼起的意象。所以意象的產生雖似經由自由聯想，但一首詩中意象與意象間的排列組合往往有著情感經驗的邏輯性和方向性，而形成統一的結構；意象的衍生、組構可以說是詩的主要內容，前面在討論各個詩人的不同鄉愁形式時即大體著眼於意象的分析。

其次談到韻律化的問題，在一般觀念裡總認為押韻是詩歌最具體的形式特徵，但這個標準無論在古代或是現代都是受到挑戰的，因為古代押韻的不只是詩，也可以是賦或碑銘等其他韻文，而在現代，有些現代詩也可以是不押韻的，因而僅僅是押韻這個元素實不能作為詩的判準，尤其重要的是，詩對於語言中音質、長短、節奏、諧音等各種質素所作的多元、具體的運用已充分形成感覺聯想的一部分，只關注在押韻問題將錯失許多詩的音律美感，因此，我們採用較寬廣的韻律化觀點來涵括這諸多的特質。

詩在原初始創之時是語言、音樂的，而非文字的，雖然在後世的發展中逐漸強化了文字藝術的效果，但語言音律的美感始終都是詩最直接的生命，詩在運用語言時，首先，字辭的發音往往能馬上喚起人們關於詞彙原意的情感乃至於同音字的聯想，如民歌中喜用「蓮」來諧音「憐」愛；用「絲」來指涉相「思」。而音質的高亢、低沉、清亮、喑啞，聲調的舒徐、急促也都有直接呈顯情緒的效果。其次，或五字或七字或雜言，或句句或隔句用韻的韻落，一方面產生一種應和的美感，另一方面更影響著意義結構的節奏趨向。如李白詩云：「君不見黃河之水天上來，奔流到海不復還；君不見高堂明鏡悲白髮，朝如青絲暮成雪。」前兩句的句尾「來」、「還」二字的音質與聲調都予人舒緩之感，與天地江河開闊的意象相合；後兩句的「髮」與「雪」的入聲音質則予人急促之感，凸顯出有限生命的短暫，而前兩句儘管意象遼闊，但「奔流到海」的詞意也帶來了「逝者如斯夫，不舍晝夜」的聯想，是下兩句的情緒啓引，兩組排比的長句也同時展現出李白特有的氣勢與生命節奏。

此外，我們所熟知的對偶也是一種由意義所產生的排比應和感；而詩中字句不同的排列組合方法也足以改變語義的節奏，指示感受的方式，而形成詩的語言旋律，如王維的詩句云：「明月松間照，清泉石上流」，以二二一的韻律，改變了「明月照松間，清泉流石上」二一二的節奏，不但使照、流二字在聲音和意義上都獲得強調，也因意象的不同排列而產生不同的心靈意境，前者的明月、松林，清泉、岩石之間沒有主從關係的限制，而照與流的光影動態感更益顯鮮明；後者則只是平凡無奇的視角。

總而言之，詩中的句、頓、平仄、聲調、韻腳、雙聲、疊韻、複沓乃至於分行、意象組構，一切形諸詩面的特徵都決定著詩的節奏韻律。因而儘管傳統的古體詩與近體詩都有不同的形式規定，但作爲詩的韻律特質總是多元複雜，不一而足的。至於韻律於詩的重要性，最能從吟詠的活動中體會，就作者而言，吟詠的韻律是心靈透過語言與外物的共振；就讀者而言，體察感受詩的韻律可以形成一個符合詩意想像的氛圍，以便沈思融會於作品中的深遠意味。故韻律的吟詠體察使興發感動的交互作用得到更好的發揮，詩人的創作感受與讀者的吟誦低迴往往在此中獲得融合。

何謂「中國抒情詩」？

嚴格說來，抒情詩的名稱是援引自西方，它預設了與抒情詩相對立的詩體，如史詩、戲劇詩；在中國則並沒有抒情詩與非抒情詩的概念區分，由於中國在很早就發展出成熟的史傳散文，詩自始即被定位在與詩人個體緊密相關的「詩言志」與「詩緣情」的質性上，關於二者的區分與發展，我們容後再談，在此要揭示的是無論那一項定義都意味著中國傳統是以主體的展現作爲詩的本質意義。以客觀敍事爲主的都在文學發展的歷史中漸次形成相應的文體，如戲劇、小說。但這並不表示抒情詩不用敍事的手法，相反的，敍事是多數文學作品的構思基礎，我們不難找到許多平鋪直敍事件或情感的作品，這在中國的古體詩中尤其屢見不鮮，只是，抒情詩中的敍事是作爲自我表現的一種方式，情節引發詩人的情緒，使詩人以充滿自我影象的方式去描述他所關切的情節故事，故仍然是抒情主體的自我展現。

因而，就中國的文體特質言，狹義的詩本身即定位在抒情言志，雖然在詩經時代就存在表現民族精神，相應於西方史詩概念的詩歌；自漢代以降也有堅守「緣事而發」的樂府精神，但是前者在詩歌史上只是靈光乍現，後者則不脫「感於哀樂」的抒情本質。中國詩整體的發展走向不但是抒情一枝獨秀，形式特質更是一步步趨向於更適於抒情；由自由流暢擅於長篇敘事的古體詩走向講究格律變化意象組構的近體詩，即是最好的證明；再由詩走向詞的發展也可作爲參證，只是其中意義不同。詩詞雖可包括在廣義的詩之範圍中，在中國的文學傳統中卻有著鮮明的文體區辨，其中最主要的形式判分便在於詞因合樂的要求，而有更爲嚴格的字數、句數以及四聲格律的限制，換言之，詞的定位是歌詞，是倚聲塡詞的，而詩則雖有押韻、或平仄格律的限制，卻自由得多。當然，詩與樂也有一段離合關係，詩在初起時並無文字記載，就是一種口耳相傳的歌，只是，它的音律都是基於原始情感的自然抑揚，並無定譜可言，吟唱之人也充滿了自由創作的空間。到了漢代成立樂府機構專司民間樂歌的整理，樂府詩才皆有定樂，所以從這個角度來看，樂府詩才是與後世之詞最爲相近的詩體，但是樂府詩在後世雖續有創作，其音樂卻漸次消失，而與古詩合流，此後詩所走的都是不受樂譜限制的自然音律之路；隨著人們對於語言音律的認知漸深，進而發展到講究人工調諧音律的格律詩，使詩在自然音律之上又增加了人爲的音律規範，但這都並不是音樂，而是語言的韻律。爲何與音樂建立密切關係的詞不能再歸於詩中，成爲古近體詩外的另一種類型？從外表上看，固然以音樂性爲其分野，但合樂的限制必然同時左右了詞的本質，亦即在抒情方式與質性上形成與詩的差異。如果說「抒情詩」重在主體的展現，詞之別立於詩，正是對於詩所未能全幅開展的情欲主體進一步的細膩化、感傷化、甚至情欲化，簡言之，詞是更爲耽情的、綿密的，換言之，「詩」始終堅持其本身特有的抒情方式，已在歷史的淬鍊中形成不易動搖的典律——一種特有的抒情品味與質性。

當然一定會有讀者舉出一些極爲溺情的詩篇以及詞風豪放的作品，質疑前述的文體界限，對於此一問題，我們所能把握的原則乃是：文體是由人所創造的，既會因創作的意識而改變，也會與時推移，文體間的交滲互涉實屬自然現象，在這裡我們無意排除近於詞的詩作，而是要透過詩詞區分的事實來強調狹義的「中國抒情詩」在「中國」的文化脈絡下有其獨具的意涵，「情」所包含的範圍實至爲廣闊，不但受到文人自我意識的左右，其抒情形式的創造也與詩歌的體制有著互動的關係，因而，中國的抒情詩不以耽情感傷爲足，而是有著人生、家國、宇宙的宏闊視域。爲了進一步說明這個問題，我們必須回到先前所提到的「詩言志」與「詩緣情」的傳統議題上，「詩言志」是傳統中國最深入人心的詩歌定義，也在歷史的洪流中經歷了不同的詮釋與認知，雖然從〈詩大序〉：「詩者，志之所之也，在心爲志，發言爲詩。情動於中而形於言，言之不足故嗟嘆之，嗟嘆之不足故永歌之，永歌之不足，不知手之舞之，足之蹈之也。」的說法，「志」理應含括了抒情主體內心種種理性與感性的情意活動，但自漢以降的發展又有著偏取其中意志、意向、意圖、懷抱等理性層面的傾向，中國歷代抒情詩之所以有著安身立命的恢宏視域，可以說即是根於創作階層——知識分子對「詩言志」的反思與內化。但如此的走向終究未契於文學的本質，無可避免地會產生一些只以論述志意、比興諷諭爲目的的無味之詩。而隨著文學的自然演進，詩中的

「情感」非僅是「志意」的認知就愈加明析。西晉陸機所揭示的「詩緣情」說與「詩言志」的差異並不在於情感意義的擴充，因爲情與志一直有著互滲的詮釋，而是在於審美意識的覺知，其關鍵毋寧是「言」與「緣」是不同的藝術過程及形式認知，「言志」基於倫理判斷，「緣情」則出以感物興情，唯其感物才能納自我紛然的存在經驗於詩作中，使四時變化、空間位移、過去與未來都交疊在「此刻」之所感，詩中的自我影象乃呈現出深刻的時空性，其感應的過程對於個體生命而言便是一種審美的體驗。因而，中國傳統的抒情詩便在「詩言志」與「詩緣情」的交互辯證下，確立了它的特質，「詩言志」之說深化了抒情詩中的理念、意志與情思，「詩緣情」則堅定了抒情詩的「抒情」本質，透過物我關係的處理以沈思生命經驗。

基於上述的文化背景，我們對於中國的抒情詩爲何得以涵括寬廣的題材，又爲何並不以耽情爲主流都有了基本的認識，中國的抒情詩是從物我、人我乃至於宇宙自然、家國社會中來呈顯詩人的生命情態，讀者鑑賞的是詩人自我與情境交融呈現的境界、神韻而非僅意義。

為了引領讀者進入中國抒情詩的世界，本書依詩作歌詠的主題略作分類，但這樣的作法實是相當危險的，因為，詩是如此複雜的複合體，標揭主題內容本身即易誤導人們識詩為「表達」情感的媒介，更何況，許多作品在形式與內容的交互作用、記憶聯想的無遠弗屆下，根本是難於歸類的。所以我們必須承認本書所作的區分只是引發興味的一條徑路，任何分類從來都只是一種詮釋角度，並非凝定的，而是游移的，但願讀者得魚忘荃，融滙出屬於自己的體悟之路。此外，限於篇幅，本書所選僅能含括自漢迄宋的作品，這一方面是考量全書的組成不致於過分零碎，另一方面也是因為中國古典詩自漢發展到宋已具現了各種形式、內容與風格的樣貌，對於意欲一窺「中國抒情詩的世界」的讀者而言，已有取之不盡的泉源。至於本書的詮解方式則首重情境的析出，儘可能剪裁繁枝蔓衍，故不得不省略了繁瑣的學術論證，讀者如欲更上一層樓，則可參考本書所列的「進階書目」，它們提供了一些以註釋為主的詩選，可供讀者自己嘗試分析詩境；還有一些則是對於中國古典詩的相關問題作廣泛論述的書，可供進一步掌握中國抒情詩的精神。

【參考書目】

《情感與形式》蘇姍・朗格，劉大基等譯，中國社會科學出版社，一九八七年。
《抒情的境界》蔡英俊編，聯經出版社，一九八二年。
《比興、物色與情景交融》蔡英俊，大安出版社，一九八六年。
《六朝緣情觀念研究》陳昌明，臺大中國文學研究所碩士論文，一九八七年。
《中國抒情傳統》蕭馳，允晨文化公司，一九九九年。

時空翱翔——漫遊天地的足跡

任何的存在形式都是在時空的限制中展現，儘管在平凡的日常生活中，人們往往並不覺察於自身的時空處境，實則卻是一舉手、一投足、一發語、一動念，都銘刻著時空的印記；甚至，除了當下之外，回首前程、遙想未來，也無非如此。因而，人生在世最深刻的存在感受或許是「活在當下」，但最深沈的悲情也正是無法踰越時空的約制，舉凡死生大限、壯志未酬、關山遠阻、離恨悠悠的生命情境，乃至於人生意義的追尋，都是人們在時空中漫遊的足跡。

所以，本單元所選的作品也都可以依不同的標準分別納入其他不同的主題，但在此處我們希望特別著意欣賞它們漫遊時空的姿態。透過不同的時空想像而凝塑的情境，是一切情感活動的基調。

陳子昂〈登幽州臺歌〉

前不見古人，後不見來者。念天地之悠悠，獨愴然而涕下。

陳子昂的這首詩可以作爲體現生命之時空性的最佳典範，短短的四句詩將個體存在的抽象思辨落實在此刻具體的登臺經驗中，歷經時空的淘洗，只留下獨立蒼茫的身影與悲愴的心靈。關於這首詩的本事，在陳子昂之友盧藏用所寫的〈陳氏別傳〉中就已指出是因陳子昂進言獻策不爲所用，而沉淪下僚，「因登薊北樓（即幽州臺），感昔樂生、燕昭之事」。薊北樓即傳說中燕昭王築以招賢的黃金臺。因而，這首詩基本上是屬於「懷古」之作，詩意也自然寄寓著志不獲騁的悲愴。這些從生平經歷中追溯出的當下情境，對讀者理解此詩固然具有相當的幫助，但詩畢竟建構了一個詩歌本身的世界，這首詩不但不落於敍述史事，而且是以寬廣的時空意象集焦於自我生命的省思。詩的前二句將個人生命置於時間的軸線上，以線性的思維體現此刻的自我存在於歷史之流中是與前後皆成斷裂的，人類歷史儘管綿延不絕，但就一個受時間限制的「有限」生命而言，「去者吾不及，來者吾不留」（阮籍〈詠懷詩〉），個體生命無法見證、參與歷史長流的悲情，毋寧是深具普遍性的，尤其，在中國文化主流的歷史觀中，古與今，現在與過去是相互聯繫並且彼此滲透的，透過「今」對於「古」的詮釋，往往使「古」具有典範的意義，並依此形塑現在以建構未來，這是將「古」理想化的歷史觀，詩人此刻在幽州臺上的歷史斷裂感與理想幻滅的孤寂交融並現，第三句用浩瀚天地的空間意象襯顯出詩人渺小的身影，而終於凝聚成令人泫然而泣的愴痛，將一切定格在英雄之淚。

古詩十九首〈行行重行行〉

行行重行行，與君生別離。相去萬餘里，各在天一涯。道路阻且長，會面安可知？胡馬依北風，越鳥巢南枝。相去日已遠，衣帶日已緩。浮雲蔽白日，遊子不顧返。思君令人老，歲月忽已晚，棄捐勿復道，努力加餐飯。

「古詩十九首」這一組有確定所指的詩，最早著錄在南朝．梁昭明太子蕭統所編選的《昭明文選》中，由於所選共十九首，皆爲作者佚名的五言詩，後世便統稱爲「古詩十九首」，其創作時代約當東漢末期，作者的身分皆爲中下階層的文人，詩的內容則呈顯出動亂時代人民的生活與情感，而出以遊子思婦、懷鄉念遠之辭。這組作品對文辭形式的覺知、主體情境的意識，被視爲中國抒情詩成熟的發端。儘管十九首的內容極其多元，但總不出對於時空約制的深沈喟歎。

這裡所選的是十九首中的第一首，就詩意看是思婦懷遠之作，與遊子在外正是一體的兩面。遊子的情境雖然全從思婦的觀點設想，但是全詩的時空結構不但甚爲明晰，與抒情主體的互動更是細膩深刻，具現出身體、心念在時空約制下的種種變形推衍；觀照的角度寬闊而具普遍性，置於第一首良有以也。

詩的首四句以具體而動態的描述，呈顯「生別離」的空間意象，第一句連用五個平聲字，以一種重覆而悠揚的音律描繪出漸行漸遠不斷拉長的空間距離，使相去萬里、各在天涯的分離現況眞切可感。道阻且長正是空間對於兩個生命體的限制，牽動的是會晤難期的相互關係。胡馬依附北風，越鳥築巢南枝，胡越、南北在字面上的相去懸絕，正是二人睽違的意象化呈現。此後，空間的意象開始轉動成爲時間，「相去日已遠」是與距離俱增的時間，「遠」既是空間，亦是時間。這番由時空交織成的磨難，落在抒情主體上的刻痕是日形消瘦的身軀，但詩人如此含蓄的以「衣帶日緩」取代，這令人想起柳永的詞句「衣帶漸寬終不悔，爲伊消得人憔悴。」但詩句的含吐不露較詞句更增幾許不待理性分辨的自然眞切。「浮雲蔽日」象喻著種種橫阻兩人間的障礙，從思婦的角度臆想，原因是飄忽不定、無法確知的，而眼前不爭的事實則是遊子未歸。「思念」成爲兩人關係中僅存的聯繫，並在形軀銘刻下歲月的印記；本是從不停歇的時間使人「老去」，但詩人卻歸諸「思念」，這固然因爲思念是在時間之流中持續進行，更因爲「老」也同時是一種心靈的狀態；隱而未顯的是唯恐年華老去，相見無期的驚懼。儘管如此，詩的最後，詩人不再陷溺於憂慮，不再與未知糾纏，而是拋開它，正視現實，努力珍惜有限生命，活著才是一切希望的根源，「努力加餐飯」是何等溫厚實在，愛的堅持理應引出珍視生命的態度。

古詩十九首〈迢迢牽牛星〉

迢迢牽牛星，皎皎河漢女。纖纖擢素手，札札弄機杼。終日不成章，泣涕零如雨。河漢清且淺，相去復幾許？盈盈一水間，脈脈不得語。

這也是「古詩十九首」之一，內容寫的是牛郎織女的故事，凸顯出兩顆星辰近在咫尺卻無法聞問的空間阻隔，全詩採用的是織女角度的抒情觀點，故只有在首句帶出男主角牽牛星，且用「迢迢」狀其遼遠，與皎潔的織女星並陳，著墨雖少，卻是織女情思所繫。以下便是對於織女動作、神情、心念的細膩刻劃，想像織女輕舉素手，撫弄機梭，卻不成紋理，因而涕淚飄零如雨，簡單的四句描寫，不但掌握到織女終究只是「虛織」的神話特質，投射在人間思婦的身上，不也正是無心於日常工作的生活寫照嗎？如此自然天成的隱喻，使神話與人生交織成一片。銀河之水清澈見底，兩星的距離不過是一水之隔，卻不得相語，盈盈的河水與含情脈脈的凝眸相映成趣，無盡的情意盡在默默無語中。這首詩經營出一個具體可感的神話外觀，又同時句句影射著現實人生，在神話世界中卻仍存在著不可踰越的空間阻隔，這自然是出於人間性的遐想了，而此阻隔又因神話色彩而成爲「永遠」的憾恨，在時空的交錯約制下益增抒情者無奈哀怨的情愫。此外值得一提的是，在形式上詩篇採用了六組疊字，以音律效果更添幾許纏綿的情韻。

李白〈把酒問月〉

青天有月來幾時，我今停杯一問之。人攀明月不可得，月行卻與人相隨。
皎如飛鏡臨丹闕，綠煙滅盡清輝發。但見宵從海上來，寧知曉向雲間沒。
白兔搗藥秋復春，嫦娥孤棲與誰鄰。今人不見古時月，今月曾經照古人。
古人今人若流水，共看明月皆如此。唯願當歌對酒時，月光常照金樽裏。

在中國詩歌史上，李白可以算得上是時空之感最爲強烈的詩人，錯過了李白詩中的時空設計無異錯過了李白詩的精采處，更失去進入李白心靈的鑰匙。這首詩充滿了天眞的癡問，自然流暢，一氣呵成，使人不禁沈浸在李白式的豪放瀟洒中。然而，在痛快淋漓的表象之下，實蘊藏著李白終生不解的悲情。詩的開首便是劈頭一問，問的是明月高掛天空的時間起點，這是從當下凝定的空間感受所引生之時間追索的欲望，當然，這是一個人類所無法回答的問題，無力回答便逼現出身爲人的限制，人旣無法上天攬月，月卻能夠毫無限制地時刻與人相隨，在彷若兒童的困惑裡，流瀉出兩相對照後的遺憾。

接下來的四句李白給予月亮或靜或動的特寫，時而皎潔如明鏡般高掛天空與高聳的宮闕紅白相映，時而在烏雲散盡後閃耀清輝；只見它在夜晚悄悄從海上昇起，怎知又如何在破曉之時隱沒在雲霧之間，畢竟人所能參與的只是月亮的一小段旅程，藏在海裡雲間的都是人所不知的神祕世界。玉兔與嫦娥的月亮神話，凸顯出時間的永恆與空間的浩瀚所帶來的孤獨之感，嫦娥由人成仙，雖得不死，卻換來永遠的孤棲，這值得嗎？這或許是李白心中的疑問。

儘管困惑於孤棲的寂寞，李白終究無法走出人生將會如流水一般逝去的悲懷。接續以古、今、人、月串聯而成的四句詩，如行雲流水般地對照出在歷史的長流裡月之永恆與人之有限，話語的氣勢，迫使讀者陷入李白的思辨邏輯中；實則，李白的這段話不乏詭辯之處，因爲，今人若不能得見古時之月，那麼，今人所見的今月又何曾照見古人呢？換言之，如果，今月是曾經照見古人的，不就等於說今月就是古月，何致今人不得而見呢？在這一連串話語中，「古」「今」這兩個時間的辭彙與人結合便形成不相聞問、充滿限制的「古人」「今人」，但是，與月結合時卻始終如一，「古月」「今月」並無分別。這其實就是李白最常有的生命觀照，深陷在「人生有窮」的愴痛中難以超越。最終，只能再拿起酒杯暢飲高歌，珍惜每一個有月有酒的日子，是及時行樂，也是遮蔽傷痛掩蓋悲懷。

杜甫〈旅夜書懷〉

細草微風岸，危檣獨夜舟。星垂平野闊，月湧大江流。名豈文章著，官應老病休。飄飄何所似？天地一沙鷗。

這首詩作於杜甫晚年，此時的杜甫已辭去「工部員外郎」之職，又逢對其照顧頻頻的嚴武之卒，使失去依傍的杜甫不得不離開四川，舉家再度過著飄泊的日子，此詩便是寫於舟行途中。年已老邁仍不得止泊，俯仰一生，際遇得失，誠難定論，唯一可以肯定的是獨立蒼茫，始終有所堅持的自主與自在。因此，這首詩雖在感念平生，但是，結合著月夜星空，宿止舟上的情境，杜甫所呈顯的是異常遼闊的人生視野，末尾對於自己生命情態的象喻更是深入人心，在馴服與自由之間，表現出自身的堅持。

詩的開首從舟岸寫起，「細」草「微」風的體察可見詩人對情境感受的細膩，「危檣」是高聳纖細的桅杆，其形象與「獨」字相互呼應，這就是杜甫此刻止泊的所在。接續的兩句，視野由近處移向遠方，垂掛著星光的夜空，與大地連成一片，格外顯出平野的遼闊，月亮投射在滾滾江流之上，光影隨著波浪而湧動。在此二句詩中，杜甫不但盡攬星月、平野、江流於胸次之中，更生動地以「垂」、「湧」、「闊」、「流」等字呈現出景物在構圖上的互動關係與相融效果。也就是在天地遼闊的背景下，杜甫凝視著自己的一生：豈願以文章名世，卻偏偏如此，滿腔的用世熱情，不堪老病的摧朽而休官，這無疑失去了實現抱負的憑藉；杜甫向來頗以文章自豪，也絕對看重文學的價值，但文章終究無益於家國百姓，如何能以此為終生之「名」？「名」即是一生志業的總括，「學而優則仕」向來是士人的第一選擇，但這樣的機會已隨著形軀的衰朽而漸漸渺茫，在感歎「時不我予」的背後實是沈痛的「不遇」之感。縱觀杜甫的一生，安史之亂以前滿懷理想卻過著困頓不獲用的日子，安史亂後雖偶有任用的機會，卻總以貶官和辭官收場，「為官」是實現理想的憑藉，卻又有著更多的不可憑藉之處。回首前程，一身的飄泊孤單，一生的自主堅定，都恰似翺翔於天地間的沙鷗吧！在蒼茫中自有方向。

杜甫〈江漢〉

江漢思歸客，乾坤一腐儒。片雲天共遠，永夜月同孤。落日心猶壯，秋風病欲蘇。古來存老馬，不必取長途。

這首詩作於杜甫死前一年，地點是在湖南，故首句有「江漢」之語，風燭殘年，拖著老病的身軀，仍然寄旅他鄉，其慘狀苦況已不難想見，晚景又是何其悲涼。就此時的時空言，滯在江漢的杜甫是一位思歸的客子，就永恆的乾坤天地而言，杜甫更是一位一往無悔的儒者，杜甫總是以自我解嘲的方式看待己身的執著，這裡自稱「腐儒」，即是早在詩作中自承的「儒冠多誤身」、「許身一何愚」，思歸的杜甫或許只是特定時空下的心緒，經世濟民的儒者情懷卻是任憑時空如何轉移都與天地長存的。

接下來的四句杜甫便是以既指涉當下具體情境，又指向永恆時空；既是描景又在寫情的豐富意象，展現情景交融的意蘊。一片雲彩與天共遠，是何其遼闊的空間視野，漫漫長夜裡與月同感孤清的不正是杜甫的身影嗎？「落日」「秋風」是自然的時序變化，但都有著接近尾聲的悵惘，這也是生命的黃昏景象吧！但「心猶壯」、「病欲蘇」呈現眼前的卻是強自振作的身軀與始終堅定的心志，這一切不正是「乾坤一腐儒」的具象嗎？最後，杜甫再以「老馬」爲喻，寄寓著仍然熱切的用世之心。「老馬」的典故出自《韓非子》，故事是說管仲曾隨齊桓公討伐孤竹，春往冬返而迷惑失道，管仲乃曰：「老馬之智可用也。」便放老馬而跟隨之，果然得道而歸。杜甫以此自喻乃所以肯定自身年雖老邁仍有戮力謀國之智，正不必以路遙相期。杜甫在此詩中以廣闊的時空視野及貼切的象喻，具現出個人的生命情態，堅毅的身影令人動容。

杜牧〈題宣州開元寺水閣，閣下宛溪夾溪居人〉

六朝文物草連空，天澹雲閒今古同。鳥去鳥來山色裏；人歌人哭水聲中。
深秋簾幕千家雨；落日樓臺一笛風。悃悵無因見范蠡，參差煙樹五湖東。

這是一首懷古之作，此類詩作往往從緬懷古蹟發端，進行著古今時空的迴還往復，在唐代相當盛行。宣州在今安徽縣，宛溪是遶郡之河，開元寺則設置於東晉時代，所以詩的開首便落在相符應的「六朝文物」的想像上。然而，居於唐代的時空下，六朝文物已渺若蔓草連向遠空，不復可見，只是環閣的閒雲朗空，仍一如往昔，無分古今。在空無與永恆的對照中，人世的滄桑之感已悄然隱現。三、四句的「鳥去鳥來」「人歌人哭」以雙擬對（指第三字擬第一字）的形式形成一種呼應綿密的韻律效果，使人深切體認到綿長的時間隧道，然而，山的形象予人亙古長青之感，流水則滾滾滔滔逝者如斯，再一次映照出自然的永恆屹立與人文的變動無常，或歌或哭正是人世的悲歡榮悴，這兩句對仗工巧又饒有深意。經過一趟時光隧道的流連之後，詩人回到「此刻」，深秋黃昏的垂簾雨絲，落日樓臺的風送笛韻，在在予人淒切之感。這分淒清的心緒再度將詩人引向更遙遠的時空，回到春秋時代的越國，然而，卻無由得見輔佐越王句踐復國的范蠡，只見傳說中范蠡乘船而去的五湖上煙樹瀰漫。杜牧在此詩中創造出種種景中含情的意象，神遊於今古的時空世界，映照著時間之流中的自然與人文，讓此刻的惆悵與悲悽也有著「古今同」的歷史縱深。

歲月如流——時間推移的悲慨

人既是時空座標上的存在，任何作品都有著具體的時空性格，但就抒情主體當下的情感經驗而言，往往有著不同的歸趨，如鄉情與離懷便是生於空間位移的啓引，而在時間之流中發酵蔓延；又如史蹟緬懷，則是將空間瞬間凝聚，而徘徊於古今之路，強烈的歷史意識無疑是其中主軸。而在中國詩歌中傷春悲秋，感時傷逝種種面對如流歲月的纖敏之思，不但是許多作品中的潛流，與感物的情懷交迭而生，更每每形成獨立抒詠的主題。畢竟在一般人的意識裡，時間構成了生命，「生年不滿百」是人類共同的限制，時間的流逝即是生命的流失，生命的不可逆，死生大限的難以踰越，常常形成終生不解的憂患。詩人或是尋求化解超越，或是沉溺於感傷，不但呈顯出感受時間的不同方式，也往往左右著情感的基調，時時給予讀者動人的啓示。

漢樂府〈薤露〉

薤上露，何易晞，露晞明朝更復落，人死一去何時歸？

這是一首出自民間的漢代挽（輓）歌，主題自然是直逼「死亡」，在短短的數句裡，意象鮮明地凸顯出人生短促與一去不返的質性。「薤」爲一種蒜類植物，葉子似蔥，是日常生活中常見的食用植物，薤上的露珠也自然是晨起工作之人常常觀察到的景象，露珠總是在太陽昇起時迅即消失（晞即是乾），就是在這幅日復一日不斷出現的圖象上，人們體驗到什麼叫做「短暫」，這也令人聯想到人生，「薤上露」正是人生短暫的象喩，然而，露水雖然易乾，卻能明朝復落，人呢？人一旦死去何時能返呢？以問句作結頗能帶出呼喚魂魄，難以割捨的況味，尤其是詩歌的前三句，只是營造著對於薤露的歌詠感歎，末句才形成與人生的對照，更使人在恍然中深自喟歎。我們可以想像這樣的詩句配上哀淒的樂音，在送葬之時隨著送者的情感反覆詠歎，將是多麼動人心魄。

漢樂府〈蒿里〉

蒿里誰家地？聚斂魂魄無賢愚。鬼伯一何相催促，人命不得少踟躕。

這也是一首漢代挽（輓）歌，呈顯的同樣是生命短促的慨歎，但在其中卻更有著人在死神面前是絕對平等的意念，儘管這種平等指向的是生命中難以承受的無奈。「蒿里」是位在山東省泰山之南的山名，古人相信那是人死之後魂魄所歸之處，「誰家地」之問已經展現出它是一個公共的領域，它無分賢愚地聚集著人們死後的魂魄，人大約只有「死」這一件事是絕對公平的吧！或者換個角度說，不論人在世時資質如何，成就如何，都不可能改變死之必然。不但如此，人們也不能決定自己的死期，詩的後兩句便生動地以鬼伯催促上路，來寫這種絕無商量餘地，片刻不得遲延的無奈；同時，也以略帶怨懟的語氣向死神質詰！這些都呈顯出人們面對死亡最素樸的情感。

古詩十九首〈驅車上東門〉

驅車上東門，遙望郭北墓。白楊何蕭蕭，松柏夾廣路。下有陳死人，杳杳即長暮。潛寐黃泉下，千載永不寤。浩浩陰陽移，年命如朝露。人生忽如寄，壽無金石固。萬歲更相送，賢聖莫能度。服食求神仙，多為藥所誤。不如飲美酒，被服紈與素。

死亡既是人生之必然，凝視死亡又將對現實人生帶來怎樣的啓引？前面兩首歌是動人心魄的喟歎與哀吟，這一首則充滿著現實人生的反思。詩的開首四句由洛陽城東門而出，遙望城郭北面是一片令人怵目驚心的墓群，墓地上種植著白楊、松柏等墓樹，區隔出墓道，呈現出一幅蕭索的景象。就是在這裡，埋葬著死去多時的人們，他們寂然的走向漫漫長夜，潛睡於地底黃泉，歷經千載永不醒覺。這就是人們對於死亡的想像，雖是想像，卻是一種極迫近的凝視。人終將沈睡不起，那麼，在浩瀚的宇宙運轉中，人的年命豈不宛若晨間的露水，奄忽即逝難如金石恆常的人生，更彷若寄旅世間，未得安居。生死相送是千秋萬歲亙古以來永不停息的規律，無論是聖是賢都無法超越，此語和「聚斂魂魄無賢愚」有著類似的認知，但是，更多了一分任憑如何努力都無法通向永生的無力感，這讓全詩的調子逐漸走向悲觀，成聖成賢既無法度越死亡這一關，依靠服食藥石以求長生，結果總是希望渺茫，甚且落得爲藥所誤的下場，既然生死大限難以踰越，眞不如暢飲美酒、錦衣玉食，把握現實生活中的享受，及時行樂。這樣的人生態度雖然顯得頹廢而逃避，但是對於歷經苦難的東漢人而言，生活享受往往是遙不可及的，及時行樂的背後恰好是未知何時得以脫離苦難的詰問，如果有，那怕是享受刹那間的歡愉都是難能可貴的，怎能不好好把握呢？

陶淵明〈雜詩〉其二

白日淪西阿，素月出東嶺，遙遙萬里輝，蕩蕩空中景。風來入房中，夜中枕席冷。氣變悟時易，不眠知夕永。欲言無予和，揮杯勸孤影。日月擲人去，有志不獲騁；念此懷悲悽，終曉不能靜。

陶淵明有一組十二首的〈雜詩〉，各自獨立主題不一，但都有著深切的時序之感流淌其中，這首詩更是把歲月荏苒，志不獲騁的不安表露無遺；對於追尋自我實現的人而言，「時不我予」便是生命底層最深的焦慮。詩的開首，白日西淪、素月東昇，此起彼落的動態畫面，讓人體會到時間的推移，白日的光輝漸漸遙遠，取而代之的是空空蕩蕩的月景，畫面一片素淡。冷風襲入房中，夜半的枕席倍感寒冷；氣候變化牽動的身體知覺，特別容易使人驚異於時序的流轉，徹夜未眠方知長夜漫漫，人總是在孤獨的體驗變化的當下，最能感受到一身的存在。這份心緒欲有傾吐卻無人應和，只能形影相互酬酢。無從渲解的悲懷，正是日月交替引生出的被時間抛擲的驚懼之感，之所以驚懼便在於生命的不可逆，無法在有限的生命中馳騁懷抱，實現自我。念茲在茲的生命意義無法在生命旅程中達成，是悲傷悽切的根源，心內的翻騰不安直至破曉時分仍不能平息。就在詩人心志凝滯於悲悽的同時，時光仍悄悄地流逝，由黃昏至破曉，晝夜交替，詩的末尾與開首形成一個循環，「日月擲人去」之感何其深重。

宋子侯〈董嬌嬈〉

洛陽城東路，桃李生路旁，花花自相對，葉葉自相當。春風東北起，花葉正低昂。不知誰家子，提籠行採桑，纖手折其枝，花落何飄颺。請謝彼姝子：「何為見損傷？」「高秋八九月，白露變為霜。終年會飄墮，安得久馨香？」「秋時自零落，春月復芬芳。何如盛年去，懽愛永相忘？」吾欲竟此曲，此曲愁人腸。歸來酌美酒，挾瑟上高堂。

除了「死亡」是人面對時間最深沈的痛楚之外，人處於季節變化時序推移的時空中，花開花落、春去秋來，無不啓引著人們「感物」的情懷，而「感物」情懷也因詩人所「感」的不同，而呈現出不同的風貌和情調。這首漢代的樂府詩有著民歌的質樸與活潑，主題無非是傷春，卻幻化出花與人的對答，在俏皮生動的話語中由惜花而漸至感歎人生，直率自然。詩的前六句是一幅春日桃李爭豔，搖曳生姿的美麗畫面，「花花自相對，葉葉自相當」呈顯出花葉自相映襯，彼此輝映的沉靜之美；一經春風溫柔的撫弄，則又顯現出高下低昂的動態之姿；自然而然、動靜皆美的生態如在目前。然而，就在此時，美麗引來了外力的干擾，採桑的女孩纖手折枝，使花瓣飄落飛颺。這突來的侵犯令花朵不禁語帶抗議地請問這位美人：「爲何使我受到損傷呢？」孰料美人竟盛氣凌人地回答：「當你經歷了八九月的秋日霜露，遷延至歲暮，就會自然飄墮，那能常久保有美好馨香？」言下之意似乎是：反正都要謝落的早一點把你摘下又有何妨呢？花朵聽到這樣嬌嗔十足又自以爲是的話語，也不干示弱地回答：「沒錯，花朵確實在秋日會自然凋零，但明年的春天又會再現芬芳；那像你們人類一旦年華老去，一切的歡愛就將永被遺忘，無法再現呢！」花語不但凸顯出人之青春不可再現的質性，同時，也指出人們所愛戀的實是與青春年華相伴隨的歡愛之情，這種有待於他人垂憐眷顧的短暫青春，才益顯出人不如花的淒涼。人與花的對話凝結在一片難以化解的愁緒中，最後，詩人現身說法，呈現出以酒與瑟聊以解憂的無盡悲懷。詩人本即懷抱著一分難以言喻的傷春情緒，因而編排出一段引人入勝的故事，讓人人得以領會此種原本即已深藏人心的情感。

劉希夷〈代悲白頭翁〉

洛陽城東桃李花，飛來飛去落誰家。洛陽女兒好顏色，坐見落花長歎息。
今年花落顏色改，明年花開復誰在？已見松柏摧為薪，更聞桑田變成海。
古人無復洛城東，今人還對落花風。年年歲歲花相似，歲歲年年人不同。
寄言全盛紅顏子，應憐半死白頭翁。此翁白頭真可憐，伊昔紅顏美少年。
公子王孫芳樹下，清歌妙舞落花前。光祿池臺開錦繡，將軍樓閣畫神仙。
一朝臥病無相識，三春行樂在誰邊？宛轉蛾眉能幾時，須臾鶴髮亂如絲。
但看古來歌舞地，惟有黃昏鳥雀飛。

以花與人對照，耽情於逝水年華的，更有唐代的劉希夷〈代悲白頭翁〉堪稱動人的傑作，作者是一位早惠卻又早夭的詩人，在這首詩中作者顯現出多愁善感的特質，對生命作最耽美的哀悼。詩同樣以洛陽城東的桃李花爲開端，卻少了〈董嬌嬈〉中欣欣向榮的生氣，而集焦在滿眼落花飄飛、少女歎息的景象；並將這幅坐愁落花楚楚可人的畫面收攏於「今年花落顏色改，明年花開復誰在？」的心緒上，詩人不僅疼惜花落顏改，更衍生出對於生命的「不確定感」，而此一「不確定感」竟幽幽的通向死亡的遐想。人可以見證的是墓樹松柏在人事已非時摧折爲薪材，可以聽聞的是滄海桑田的交互變易，時序推移，人世流轉，不變的似乎是「古人」無法復現於洛陽城東，而「今人」卻仍如古人一般面對撫落花瓣的春風，難以勝情。「年年歲歲花相似，歲歲年年人不同」。同樣是年年歲歲，時光荏苒，花不因或改，人卻不斷老去，這已不僅是今歲與明年，更是古往與今來，亙古難解的憾恨。

詩的後半段便是以「白頭翁」的過去與現在，即「紅顏美少年」的現在與未來頻頻對照，凸顯出榮華富貴、權力祿位都將隨歲月流逝。一幅幅意象鮮明的畫面宛如走馬燈一般在讀者的眼前飄過，最後詩人將此難以勝情的心緒以景結情地瀰散在黃昏時分惟有鳥雀飛舞的淒清畫面上，因爲此一空間同時疊現著過去的歌聲舞影，兩相映照，悵惘之情盡在此景中。

李商隱〈落花〉

高閣客竟去；小園花亂飛。參差連曲陌；迢遞送斜暉。腸斷未忍掃；眼穿仍欲歸。芳心向春盡，所得是沾衣。

這首〈落花〉是以送客的依依不捨與惜花傷春的情感交織成篇，具現出歡宴過後強烈的孤獨之感，此一情境與自然界的繁華將盡相互映現，使詩人情難自勝。詩的首句言客散，「竟」字強化了那種獨留一己的失落感，隨著人去閣空，次句寫的是滿園飄飛的花朵，這樣的「亂飛」乍看之下似乎熱鬧，卻也正是一種「離去」，告別枝頭而參差遍散在曲徑上，一直通向遙遠的斜暉，「送」既是即將隕落的斜陽，也是漸行漸遠的客人吧！疼惜的心情使人不忍掃去滿園的落花，望眼欲穿卻不能改變終究客去的事實，這兩句都在呈顯繁華熱鬧終將逝去的無力感，這份淒苦便化作與春同歸的潸然淚下。這首詩非常巧妙地以一句落花一句歸客交錯而成，顯現出無論是自然或是人生的美好總是無法挽留的共同質性，而其根源便在於時間推移所生的悲慨。這讓我們憶起他在〈曲江〉中有「天荒地變心雖折，若比傷春意未多」之句，詩人將家國之變的傷痛與傷春之情相提並論，甚且等量齊觀，乍看起來彷彿過溺於日常閒情，但我們似乎也不能否認，「時間」確是一切改變的根源，自然的變化較之人事是更具有普遍性的規律啊！

韓偓〈惜花〉

皺白離情高處切；膩紅愁態靜中深。眼隨片片沿流去；恨滿枝枝被雨淋。
總得苔遮猶慰意；若教泥汙更傷心。臨軒一醆悲春酒，明日池塘是綠陰。

韓偓是比李商隱更後期的晚唐詩人，這首傷春之作，純從惜花的心緒來寫，刻劃細膩，情思耽溺，直尋哀傷的況味。詩的開首兩句以對仗的形式顯現白花紅花行將凋萎的意態，「皺」與「膩」都是經歷時間摧折的痕跡，「離情」、「愁態」則是將花朵擬人化，預示著即將離枝的情境，詩人的心緒便隨著或是沿流而去，或是雨打枝頭的花朵憾恨不已，即或是花已落地，仍然牽繫著詩人的心，或是為花兒慶幸有蘚苔襯墊，或是疼惜花兒為泥所汙。詩人深情地凝視著落花的最後旅程，由此體驗著春去的腳步，臨軒的一杯酒，是對春天最後的獻祭，因為，明日將是一片池塘綠陰，不再留有花的芳蹤！

蘇軾〈東欄梨花〉

梨花淡白柳深青，柳絮飛時花滿城。惆悵東欄一株雪，人生看得幾清明？

「節日」有著一年一回的質性，最易引人感受到年華似水與今昔之比。蘇軾從梨花入手寫清明時節，一片深青配淡白，素雅非凡，卻也不經意地透露出春去夏來的訊息，當柳絮飄飛與滿城繁花並現時，也正是春夏最後的交錯。詩人將惆悵的心緒收攏在對於東欄一株梨花的凝視，三句接連寫來，傷花惜春之情溢於言表。然而，蘇軾總有著獨特的人生意韻，末句的凜然一問，一方面承接前文的時序之感點出清明時節，另一方面卻在時間的推移中注入世事無常、人生苦短的況味，語意老練，深具動人的感染力。

蘇軾〈中秋月〉

暮雲收盡溢清寒，銀漢無聲轉玉盤。此生此夜不長好，明月明年何處看？

這首詩也是出於時序感懷，首二句即是中秋明月的特寫，第一句寫暮雲散盡、入夜的空氣中凝溢著清寒之氣，以蘊蓄月出的氛圍，在如此清冷寂靜的浩瀚銀河裡，如玉盤輕轉的月兒散發出溫潤的光芒，「轉」字不但顯現出月的動態感，也透露出詩人竟夜望月的孤寂無眠。從而，下二句由此夜向過去的每一個中秋夜不斷回溯，有的是「不長好」的淒然；再由此夜向未來的中秋夜延伸，更有著不知「身在何處」的蒼涼。在短短的四句詩中，詩人將明月與人生交揉成篇，從現在往返於過去與未來，顯現出深刻的人生觀照，詩人既不溺情，也不超越，而是充滿了當下實在的人生體悟。

陳與義〈除夜〉

城中爆竹已殘更，朔吹翻江意未平。多事鬢毛隨節換；盡情燈火向人明。
比量舊歲聊堪喜；流轉殊方又可驚。明日岳陽樓上去，島煙湖霧看春生。

就一年的節日來看，最易引發強烈時間悲慨的莫過於除夕夜了，陳與義是身處南北宋之際的詩人，所經歷的家國之痛與輾轉流離，都格外深切，故而，他的除夜之感也益顯沈重。首句藉著城中的鞭炮聲由極盡喧囂到深入殘夜，動與靜往往只是一線之隔，甚且是相互映襯的，爆竹聲過的除夜恰是最爲靜穆的；酷寒的北風掀起江浪，適與內在翻騰不已的意緒一起湧動。隨著年節變化的兩鬢飛霜是年華老去的印記，「多事」二字不但將鬢毛擬人化，更顯示出詩人的畏於面對，一夜燈火通明與人爲伴，燈火的「盡情」正所以反襯出人的不堪其情。回首去歲的經歷，聊堪告慰，但流徙他方的過程卻又不免令人心驚。過去，每一個平安的日子都是値得感恩的，但是，未來如何呢？明天又是一年之始了，該去岳陽樓上遠眺煙靄迷濛的島山湖海，體驗冉冉昇起的新春氣象；末尾，詩人以景結情，引領讀者共同意會無法確切掌握但又始終擁有希望的明天。

人倫情深——人世情感的執念

人與人之間的情感關係，向來是中國文化所格外看重的，五倫即是大家耳熟能詳的規範，自然也是抒情詩的主要題材，只是，五倫中的君臣關係牽涉到家國、社會乃至於個人的自我實現，在詩作中的呈顯甚爲複雜，無法以單一的關係看待；而父子親情或是因爲輩分的差距，或是包容在家的意念中，在詩作中單獨抒詠的佳作，相形之下是比例甚少的；因而，在這個主題之下，我們將以夫婦、兄弟、朋友關係爲主，再加上抒詠愛情的作品，愛情雖然並不在五倫的規範中，卻是自古至今吟詠不絕，也最動人心魄的情感關係，在中國抒情詩中反而是蔚爲大宗的。

愛情具有素樸與原始的本質，在情欲的流動中形成微妙複雜的互動關係，愛情本然是處於時刻變動的狀態，然而，人們卻有著追尋永恆的想望。愛情的發生不分階層，民歌中的表現熱情而大膽，文人的抒寫則含蓄而蘊藉；愛情的處境也隨著相思、別離、背叛等等情事而千變萬化，在詩作中的風貌自是多彩多姿。

我們可推詩經秦風的〈蒹葭〉為中國最早的愛情經典，這首詩以蒼茫的水邊蘆荻爲背景，訴說著「所謂伊人，在水一方」的可望而不可及，反復的詠歎，讓這分企慕之情深植人心，具有普遍的象徵意味，令人低迴不已。愛情其實脫離不了生活，古往今來人們對於愛情的歌詠總有著取之不盡的題材，更創造出種種優美的形式，值得我們細細體會。

愛情

漢樂府〈上邪〉

上邪！我欲與君相知，長命無絶衰。山無陵，江水為竭，冬雷震震，夏雨雪，天地合，乃敢與君絶！

這是一首漢代的樂府民歌，作者已不可考。「上邪」相當於現在口語的「天啊」，全詩是一段向天祝禱的自誓之詞，起首即直言期望與愛人相知相惜的心意永不衰減終止；爲了凸顯這份決心，下面列出五種不可能出現的自然現象與絕情並陳，對顯出變心是絕無可能之事。五種自然現象皆是根植於實際的生活經驗，山無陵、水爲竭都是違反山水本質的情狀，冬日打雷，夏天下雪則是未曾聞見的氣象，至於天地相合，更是天地易位、世界毀滅；只有當這些現象在現實生活中發生時才有絕情的可能。這彷彿就是現代版的山盟海誓，訴說著海枯石爛此情不渝，然而，細味之，卻有著不同的韻味，這首詩道出了不可能的可能，在堅定中留有餘地，感覺上更爲俏皮可愛、眞摯動人。相反的，現代人一旦陷溺於愛情之中便無限擴大個人的意志，否定任何其他的可能，反倒令人質疑實踐的可能性。

漢樂府〈有所思〉

有所思，乃在大海南。何用問遺君？雙珠瑇瑁簪，用玉紹繚之。聞君有他心，拉雜摧燒之。摧燒之，當風揚其灰。從今以往，勿復相思！相思與君

瑁

絶！雞鳴狗吠，兄嫂當知之。（妃呼豨！）秋風肅肅晨風颸，東方須臾高知之。

這也是一首作者失考的漢代樂府民歌，詩中以自述口吻描繪出女子面對情感被叛時的掙扎與自處之道。首二句點出「大海南」是情人所在的地方，也就是心之所繫，該用什麼來表達這分繾綣深情呢？戀愛中的人無不樂意將世上最美好的事物饋贈給日思夜想的人，於是，準備了以兩顆明珠作爲裝飾，再用美玉纏繞的玳瑁髮簪，作爲送給心上人的禮物；繁複的裝飾正在襯顯全心全意的付出，直接而素樸。然而，情勢突然逆轉，聞說對方竟三心兩意、用情不專，便將先前精心預備的禮物全部摧折燒毀，連燒成的灰也要當風吹散掉，語句重覆可見恨怨之深。這些戲劇化的動作凸顯了決絕的心意，相思之情將與你永遠斷絕；再次的重覆語句既在聲明決心，也是在提醒自己吧！畢竟，斬斷情絲殊非易事。在一番激烈的情緒波動後，場景轉回現實，雞鳴狗吠聲中天已微亮，驚動兄嫂總是不妥，唉！（妃呼豨爲歎辭）秋晨肅殺淒冷的涼風撫過，天將破曉，當東方漸白，或許一切都會明朗了吧！故事至此戛然而止，並沒有前因後果的交待，只是凸顯著愛惡分明的強烈心緒。然而，這份心緒並未無止盡地蔓延擴散，無論愛情的結果是悲是喜，人終究是要回到現實面對生活，太陽昇起並不能解決問題，但陽光俯照大地，人重回世界的脈絡，恢復一切的秩序與規律，那種糾結於兩人世界的情緒，才得以稍稍減溫。

〈子夜歌〉二首

始欲識郎時，兩心望如一。理絲入殘機，何悟不成匹。

儂作北辰星，千年無轉移。歡行白日心，朝東暮還西。

如果說漢代的樂府民歌展現了質樸眞摯的生命力，那時序進入南朝的民歌則益增音韻婉媚、活潑靈巧，技巧更推進了一步，只是，他們的技巧多出於口語，內容則根植於日常生活，就近取譬及諧音字的運用便成爲最易辨識的特色。〈子夜歌〉的第一首寫情感認知上「始識」與「後悟」的落差，兩心如一、不分彼我是初始的願望，但結果是如在殘破的織布機上理絲，無法織成布匹，「成匹」不但取用了完成的意思，也以「布匹」諧「匹配」之音，作巧妙的喻指。

第二首則用兩個比喻對顯君心與妾心（儂是我，歡指情人）用情的差異，北極星是永遠凝定在夜空的固定方位，而太陽則是日日東邊昇起西邊墜落的，兩相對照，專一程度的差異便不言而喻了。

〈華山畿〉二首

啼著曙，淚落枕將浮，身沉被流去。

相送勞勞渚。長江不應滿，是儂淚成許。

這兩首南朝樂府民歌則是發揮了極其誇張的想像力，華山畿的原型故事是一場類似梁山伯與祝英臺的淒美愛情，曲調當該也是哀傷的，常常被用來歌詠愛情中哀傷的一面。這兩首詩都沒有說明事件的原委，前一首是說哭著到黎明，淚水氾濫成河，枕頭漂浮在水上，身體則沈浸水裡，被子也隨波而去，這樣的淚河著實是相當駭人的。第二首是寫離別相送的場面，眼見長江江闊水滿，竟自承是己身的淚水所造成的，其氣魄之大較之前首實不遑多讓。所以，再讀到李白「白髮三千丈，緣愁似箇長」的誇張便不足爲怪了。

〈那呵灘〉二首

聞歡下揚州，相送江津灣。願得篙櫓折，交郎到頭還。

篙折當更覓，櫓折當更安。各自是官人，那得到頭還。

這是男女對唱的民歌，面對水路離別的場面，心中眞有萬般不捨，女子乃唱出心中的奇想：希望划船的篙啊櫓啊給折斷了，那麼，情郎便會倒回頭去不成了。男方的唱和則是一本正經的說：就算是篙折櫓折也得想辦法再找來安裝上去，我們這些都是聽差之人，任務沒有完成那能半途而返呢？女子的歌唱充滿了打情罵俏的嬌嗔，男子的回答不免有些不解風情，但是，也就在這一唱一和中見出浪漫與實際的落差，愛情誠然是令有情人不忍片刻分離的，但是，對勞苦生活的市井小民而言，離開生活並無愛情可言，如此，反而更使愛情擁有眞實的生命力。

李商隱〈暮秋獨遊曲江〉

荷葉生時春恨生，荷葉枯時秋恨成。深知身在情常在，悵望江頭江水聲。

論到中國情詩的巨擘大概沒有人會反對李商隱應該是獨得桂冠的，他的情詩以意境取勝，擅於用意象呈現愛情在人心中最深刻的悸動，留下許多膾炙人口的浪漫詩句，如「身無彩鳳雙飛翼，心有靈犀一點通」，道盡了情人間靈心相感的默契，「春心莫共花爭發，一寸相思一寸灰」，則說明愛苗一旦滋生，相思對人的摧折便是至死不休的。李商隱之所以創造出這麼多動人心魄的名句，除了文字功力及特異的想像外，更基於其觀照情感的角度是如此的「執悟而迷」。首二句詩重覆使用相同的字詞，予人一種憾恨生成就如自然界的循環一樣，無可迴避，此憾恨根植於與「身」俱來的「深情」，對情感活動不能自已的陷溺，而窮盡生命的向外投注，帶給自身的往往是永遠無法滿足的悵惘之感，詩便結束在川流不息的江水聲中，「情之所鍾，正在我輩」是一種無所逃的宿命。這首詩以大自然的意象引出詩人的情感觀照，使我們得見詩人獨特的情性。

如此的一往情深，自然會說出「直道相思了無益，未妨惆悵是清狂」這樣「執悟而迷」的話，儘管深知相思對現實徒然無益，但寧可承受這份癡情所帶來的惆悵心緒、清狂意態。讓癡情成爲一種生命的情態，「清狂」並非「輕狂」，狂是一種眞性情不願被拘限的縱放行爲，但「輕」則浮游失根，「清」則有著根於情性不媚流俗的堅持，也可以說是一種美的品味吧。

李商隱的美感品味似乎總是傾向於淒美的，所以荷葉生與荷葉枯都是「恨」；相見與別離的處境都是「難」，當我們為「相見時難別亦難，東風無力百花殘。春蠶到死絲方盡，蠟炬成灰淚始乾」這樣的詩句低迴不已時，可曾細味過這種將生命無限度的向情感活動投注，以求沈酣飽滿的生命情態，必然只有忘身甚至忘生一途，儘管深情可感，卻是多麼哀傷。當我們對照南朝民歌〈作蠶絲〉：「春蠶不應老，晝夜常懷絲。何惜微軀盡，纏綿自有時。」不但可以見出李詩之所本，更可對照出同一物象特質，在民歌中充滿了愛情所帶來的生命力與希望，而在李詩中則反覆強調的是與愛並生的死亡意象。

李商隱〈錦瑟〉

錦瑟無端五十絃，一絃一柱思華年。莊生曉夢迷蝴蝶；望帝春心託杜鵑。
滄海月明珠有淚；藍田日暖玉生煙。此情可待成追憶，只是當時已惘然。

「詩家總愛西崑好，獨恨無人作鄭箋」一語道出了李商隱詩動人的魅力與難於索解的特質，而這首〈錦瑟〉詩意境之美與歧解之多，更堪稱其中的代表，儘管將此詩認定是抒寫愛情仍存有爭議，卻無礙於本詩的最後兩句已深入人心成爲世人追憶愛情的至理名言。就現代人的認知而言，要說此詩與愛情無涉不免是令人失望的，這似乎也是讀者在詮釋的歷史過程所發揮的重要作用。因而，於此我們試著從愛情的角度切入，但仍留有對此情感作擴充解釋的空間，也藉此展現一篇意象豐富的作品如何包容了多元的指涉。

此詩較易理解的是首二與末二四句，雖然無從得知「錦瑟」是實寫還是虛擬，從「思華年」多少可以窺知這是與過去的歲月，甚至可能就是青春年華有關的抒詠，再由「無端」二字又感染到一種不明究裡的愁緒；至於末尾二句，則有總結前面的意味，「追憶」二字呼應了前面的「思華年」。因此，中間兩聯結合神話傳說的典故，儘管難以確知實指的人事，卻不妨視爲回憶片斷的圖象，只是這些圖象是出以象徵的手法，而非描繪具體的情節，所以我們能夠掌握的是詩人在這些典故中的情感投射，以體味詩人在追憶活動中的情感取向。而詩作之所以動人便在於意境所引發的聯想與體會。詩人的思憶活動是由華麗的錦瑟啓其端緒，隨著瑟音的想像，跌入回憶之中，莊周夢蝶是第一個象徵，在〈莊子・齊物論〉中迷惑根於「不知周之夢爲胡蝶與？胡蝶之夢爲周與？」藉夢境的不可分辨來啓悟莊周與蝴蝶齊一的觀點；但李商隱此處的援引卻非此意，他讓自身停格在曉夢乍醒的迷霧中。杜鵑悲鳴是第二個象徵，李商隱採用神話傳說中蜀王望帝與其相鼇靈之妻私通，羞慚讓國，化作子規鳥年年春日於蜀悲鳴，這樣的故事傳達出一種深情執著的情感質性，「春心」二字更予人浪漫的遐思，道德的虧欠可以用至尊的帝位補償，情感一旦生發便註定了永生永世的守候。第三個象徵，採用月滿珠圓的意象再揉合鮫人泣珠的神話，珠淚便散發出滄茫淒美之感。第四個象徵，則由藍田美玉的溫潤幻化出陽光與良玉輝映而成的煙霏，溫煦中有著虛無縹緲的蒼茫。在這四個極度凝鍊、組成繁複的象徵中，讀者並不能直接掌握任何可以確指的現實事件，但是卻能從詩句所渲染的意境去感受詩人追憶的質性，是一種迷惘、執著、哀淒、溫靄的綜合。畢竟，任何「追憶」的活動都因時空的轉換不再等同於「當下」的沉酣飽滿，愈是意欲用力追尋，愈是感到過去情景的渺遠曚曨，「惘然」就是這種若有所失之感，追憶的活動完全無益於眼前的失落。不論李商隱在此詩中所指涉的是一段過去的戀情，還是一生的情愛經驗，亦或是綜括身世之感，都顯現出詩人悽怨的觀照角度，故予人低迴不已的悵惘之感。

夫妻

〈別詩〉（舊題蘇武）

結髮為夫妻，恩愛兩不疑。歡娛在今夕，燕婉及良時。征夫懷往路，起視夜何其？參辰皆已沒，去去從此辭。行役在戰場，相見未有期。握手一長歎，淚為生別滋。努力愛春華，莫忘歡樂時，生當復來歸，死當長相思。

這一首詩雖然已經確定並非出於西漢時的蘇武之手，但也不會晚於東漢時期。作者不詳倒彷彿增強了它作爲一種共相的代表性，這是一幅戰亂夫妻的別離圖，但離別的當下是與過去及未來緊緊聯繫著，沒有過去與未來的支撐，別離的當下是怎樣也無法跨過的。世人學習經由戀愛而結婚在人類史上是非常晚近的事，前此，在中國文化裡婚姻是家族之事而非個人之事，人們學著在被選定的婚姻關係裡愛上一位陌生人，這事實上是一段極爲艱難的學習過程，中國古人便是用「恩愛」來體現這種感情，夫妻之愛是在相互施恩下逐漸形成，故而有著牢不可破的人倫意味。

十五、二十時結爲夫妻，共同成長，恩愛基於絕無嫌猜的信任，「不疑」來自於純眞地全心投注，每一個「今夕」的歡娛凝塑出生命中的良辰美景，然而就在今夕，即將遠行的征人，記掛著啓程的時間，一夜無眠，終於，離別的時刻走過黑夜悄然來到，在離別的當下，沒有比認清現實、完整而誠摯的交代一切更足以安慰人心，戰場是生命最卑微的所在，是重逢最渺茫的寄託，讓一切停格在這最後的握手長歎、淚如泉湧的畫面，千言萬語盡在不言中，然而，這是最後的晤談，該說的仍要努力說出：珍惜美好青春，用過往的歡樂作爲別後的精神支撐，或生或死，此情不渝。由恩愛帶來的溫厚堅持，使人有了面對死亡的勇氣，眞誠負責的愛是必須納死生並觀無所逃避的。

王維〈息夫人〉

莫以今時寵，能忘舊日恩。看花滿眼淚，不共楚王言。

王維寫息夫人的故事，也是著眼在一個「恩」字。依據《左傳》的記載：春秋時，楚文王受到蔡哀侯的蠱惑，爲了奪取息國國君夫人而滅息，息夫人爲楚文王生下二子，卻始終不肯主動與楚王交談，楚王問之，方對曰：「吾一婦人，而事二夫，縱弗能死，其又奚言？」楚王以蔡侯實啓其端，遂伐蔡。王維直揭「今寵」與「舊恩」的不同情感方式，「莫以」、「能忘」則說明企圖置換的徒勞，夫妻間的恩情是生活歷史的一部分，那分熟悉是鐫刻在生命中的，寵愛相形之下是如此薄弱虛浮，追念過往生命中的春天，是今日看花凝淚的錐痛，這一切豈是楚王可知、願知的嗎？

這首詩根據晚唐孟棨《本事詩》的說法，又牽涉一段悽楚的故事，息夫人只是一個代喻。傳說唐時有一寧王，已有絕藝上色的寵妓數十人，卻仍覬覦鄰人賣餅者妻，故厚贈其夫取之，寵惜逾等，經歲而後問之：「汝復憶餅師否？」其妻默然不對。後寧王召餅師與見，其妻注視垂淚，若不勝情。王維當時在座，即席賦詩，寧王因將其妻歸還。王維掌握到息夫人與賣餅者妻共同的情感價值，以及不言不語的沉默無奈，融會出超越個別界限而深具普遍意味的恩情質性，使人在低迴之際更能有所領悟。或許會有人批判餅師不應受餽而出賣妻子，以致其妻亦無由愛他如初；然而，如果其妻不能深信其夫是迫於威權而非貪其錢財，恩情「不疑」又將如何落實？也可能有人會批判息夫人國亡爲何不以死殉之，面對這樣的評論，我們只能說，封建社會中興廢之事向來只操弄在男性的手上，亡國，干女人何事呢？

終於有人從女性的觀點來看待此事，杜牧即曾歎云：「至竟息亡緣底事，可憐金谷墜樓人。」乃疊用息夫人承擔亡國之責及綠珠為石崇之敗墜樓自殺的典故，質疑一切成敗得失由女性來承擔的不公，這顯然又是完全不同的著眼點了。回顧史傳之載，將男性一己乃至家國的成敗歸因於「女禍」的情形，實有重新檢視的必要，杜詩的質疑切中肯綮，王維的回顧恩情，則更貼近情意的本質。

杜甫〈月夜〉

今夜鄜州月，閨中只獨看。遙憐小兒女，未解憶長安。香霧雲鬟濕，清輝玉臂寒。何時倚虛幌，雙照淚痕乾。

天寶十五年，杜甫爲避安史之亂，舉家遷往鄜州（陝西省富縣），其時中央政府的情形是：玄宗奔蜀，肅宗即位於靈武，忠貞的杜甫便隻身前往靈武投奔，卻不幸在半途爲叛軍擄至長安，此詩便是杜甫身陷長安的憶內之作。杜甫此詩裁剪了一切旁枝蔓衍，全幅寫著所憶的景象，至於由誰憶，因何憶，便全盡在其中了。今夜鄜州的月色想必是妻子一人獨看吧？如我此刻獨望長安之月一般；小兒女們是不會懂得望月懷人的，更不會知道此刻的長安是烽火連天，最最危殆了，兒女們的未解之處，正是母親最深沈的牽掛，杜甫以懵懂的孩子映襯著憂心忡忡的妻子。月下的妻子霧溼雲鬟，光鑑玉臂，是嗅覺的香馥，觸覺的冰涼，這不僅是一幅唯美的畫面，更是一種細膩親切的經驗，若非夫妻，何能有此熟稔的感官印記。末尾，時空奔向未來的重逢：何時能夠「同」在閨中倚著帳幔，讓今夜的月光「雙」照我們臉上的淚痕，讓淚水洗去今夜的相思與離亂夫妻的傷痛。

杜甫〈羌村〉三首之一

崢嶸赤雲西，日腳下平地。柴門鳥雀噪，歸客千里至。妻孥怪我在，驚定還拭淚。世亂遭飄蕩，生還偶然遂。鄰人滿牆頭，感歎亦歔欷。夜闌更秉燭，相對如夢寐。

這是杜甫自長安脫困回到鄜州羌村家中的情景，與前首對照最可見出思念的殷切與重逢的悲喜交集。杜甫戲劇化地呈現重逢的場景，不直接言情，卻精準地掌握到相關人物恰如其分的情感反應。首四句寫日落黃昏紅雲滿天與高峻的山巒相互輝映，太陽的腳步悄悄地沉在地平線下，這一幅暖融融的景象正是這位千里歸客的熱烈情緒，甫抵家門所引起的一陣鳥鵲騷動，則有著傳遞喜訊的意味，當然，原先的沉寂也就不言而喻了。與家人相見的瞬間竟是錯愕質疑，驚惶甫定之後，才是恍然而落淚，世亂改變了人們的生活秩序，活著只是偶遂心願罷了，更遑論奢求其他。「怪我在」與「偶然」舉重若輕地道出了平常之事翻成反常之事的酸楚。鄰人爬滿牆頭爭看著團圓的好戲，但這畢竟是現實的血淚人生，感歎他人正所以歔欷平生吧！末尾與前首〈月夜〉遙相呼應，重逢之夜是夢想的實現，卻又如眞似幻得恍若置身夢境。

李商隱〈夜雨寄北〉

君問歸期未有期，巴山夜雨漲秋池。何當共翦西窗燭，卻話巴山夜雨時？

與〈錦瑟〉詩的情形相類，將這首詩歸爲夫妻之情仍然是頗有爭議的，比較保守的作法是將之解爲寄友人，只是，這首詩情深意濃，溫婉含蓄，與杜甫〈月夜〉頗爲神似，兩相參照可以衍生異常豐富的體會，詩面傳達出的情感質素，引領我們的想像朝向親密的夫妻之情發展。本詩雖然只有短短的四句，卻呈顯出情感活動在時間之流的迴環往復，換言之，思念本身是追憶過往、身當此刻以及憧憬未來間的週旋。首句以「未有期」否定「歸期」形成一種張力，原因在此不是重點，重要的是無止境的期待，這句話沒有時式的限定，彷彿就是當下的設問，與下句寫景連成一氣，巴蜀此刻的夜雨豐沛滿溢，便宛若問話的場景。但讀至第三句「何當」則令人醒悟到原先的問答並非晤面而是追憶，過去的場景便與現在的夜雨相互疊現，「何當」是對未來的憧憬，也正呼應著「未有期」，何時再能剪燭夜談，此一期盼，完全是杜甫「何時倚虛幌」、「夜闌更秉燭」的翻版，但李商隱想像未來的視窗中又框進了現在的巴山夜雨，當然這已是未來的「過去」了，過去、未來、現在藉著「巴山夜雨」交織在一起；重逢時會說些什麼呢？說的當就是今夜的雨吧！詩人只聚焦於當下的雨景，卻藉著時間的迴旋滿溢出深刻的思憶。

兄弟

〈別詩〉（舊題蘇武）

骨肉緣枝葉，結交亦相因。四海皆兄弟，誰為行路人？況我連枝樹，與子同一身。昔為鴛與鴦，今為參與辰。昔者長相近，邈若胡與秦。惟念當乖離，恩情日以新。鹿鳴思野草，可以喻嘉賓。我有一樽酒，欲以贈遠人。願子留斟酌，慰此平生親。

漢代有一組詩一直被誤爲是西漢蘇武與李陵的贈別詩，但無論從風格或是內容來看此一說法都是有疑義的，像這一首詩明明是寫兄弟的別情實與蘇李並不相關。篇首骨肉與枝葉相互攀緣的意象已引人基於同根的聯想，次聯先從「四海之內，皆兄弟也」說起，人與人之間尚且應以兄弟相視，沒有形同陌路之人；那麼，更何況你我是同一棵大樹的枝葉，情意豈不更加深濃，兄弟之情在層層推衍中遞進。以下切入別離，過去如鴛鴦一般形影不離，今後則如參星、辰星此出彼沒難以聚會，過去如此親近，今後卻如此邈遠。在逼視離別即將成眞的當下，往日的恩情不斷地浮現，一切過去視爲當然的情感互動，此時都展現了新意，此一「新」字，將情感透過離情的催化作用而愈感深濃的感受言淺意深地帶出。末尾則寫臨別的宴飲，以詩經〈鹿鳴〉起興，用送行的樽酒，企望將你再多留一會兒與我酌飲，把握最後的團敍。這首詩無論是寫骨肉之親、今昔之比、臨別之難，都採用了複沓的手法，頗有民歌素樸的風采，詩語不刻求凝鍊，但隨情思流轉，別有一番深契人情的自然風味。

曹植〈七哀〉

明月照高樓，流光正徘徊。上有愁思婦，悲歎有餘哀。借問歎者誰，言是宕子妻。君行踰十年，孤妾常獨棲。君若清路塵，妾若濁水泥。浮沈各異勢，會合何時諧？願為西南風，長逝入君懷。君懷良不開，賤妾當何依？

在中國的文人中，曹植所處的兄弟關係可以說是最爲複雜的，艱難的情感處境也因而成爲其創作的重要原動力，人事之悲卻成就了藝術境界，幸耶？非耶？誠難定論。身爲王室家族，曹植擁有同父同母及同父異母的衆多兄弟，但是其最深沉的悲痛卻也正來自於「本是同根生，相煎何太急」。曹植與兄長曹丕自幼即處於競爭王位的態勢，災難並不因成敗確立而停歇，反而，自曹丕立爲王儲之後，對於曹植的打壓更趨明顯，令失勢的曹植痛不欲生，又無由反抗，抑鬱之情化爲詩篇總是備極隱晦，這首詩從表面上看是承自樂府民歌的思婦主題，卻委曲淒婉饒有含吐不露的意諷。詩首拉開遼闊的夜空作爲序幕，月光流影映照高樓，光影徘徊亦正照見不眠思婦的身影，高樓之人的悲歎之音蘊藏著無限哀思，這是一位夫婿客居他鄉延宕歸期的婦人，一別超過十年，孤棲之苦豈能盡訴。截至此處，除首句較流麗外，都與民歌直率的情思結構甚爲相似，但下半首則取喻至爲深刻，語意一再轉折，以塵比君，泥比己身，原屬同一本質，卻因地居不同，一呈清輕飛揚之狀，一則重濁淤積，一浮一沉全然異勢，不知何時才能如願相會，這一比喻用在傳統夫妻的尊卑關係上固然巧妙，用在曹氏的兄弟關係上也非常貼切，塵泥同源正如骨肉同根一般，而飛揚與下沈的物性更有著地位高下、形勢優劣的聯想，與曹氏兄弟二人的政治處境適正相合，幽情曲意不難察見。在無可如何之際，思婦仍一往無悔的願化作一襲清風直驅君懷，如此的深情執著，仍是民歌本色，而民歌也往往結束在這樣一種想像中，留予讀者無限的遐思與希望。但曹植的思緒則更加縝密，愈顯幽怨，故而結束在：如果，如果你不肯敞開胸懷接納我，我還能有什麼依託呢？自來中國文化中就有以男女喻指君臣關係的傳統，這種現象雖不宜過分穿鑿比附、援引無度，但衡之本詩的情意結構卻有足夠的理由推斷其是夾雜著夫妻、兄弟、君臣關係的多元指涉，這樣的兄弟情自然是備極艱辛困頓的。

曹植〈贈白馬王彪〉（節錄）

心悲動我神，棄置莫復陳。丈夫志四海，萬里猶比鄰。恩愛苟不虧，在遠分日親。何必同衾幬，然後展殷勤。憂思成疾疢，無乃兒女仁。倉促骨肉情，能不懷苦辛。

曹植在兄弟情上的艱難，不但表現在與曹丕的權力關係上，也具現在因曹丕的隔離政策所造成的兄弟難以聞問的孤絕處境中。曹植的〈贈白馬王彪〉可以說正是此一積鬱噴薄而出的代表作品，曹植創作此詩的背景牽涉了另外二位兄弟，一位即是此詩題贈的異母弟曹彪，另一位則是與丕、植俱同母的兄長曹彰，黃初四年，曹植與二位兄弟分別自所居藩國前往國都洛陽晉謁君主曹丕，但此時曹彰卻不幸猝死，有說法顯示此事出於曹丕的陷害，而從曹植在此詩所流露的悲憤之情，也可以看出曹植等人正作如是觀。事畢歸藩，植與彪本欲同路東歸，把握難得的相聚，卻被刻意禁止，曹植悲慨難抑，憂憤不已，乃爲此詩與彪作別。

詩篇極長，聯章而成，情意曲折迴環，字字血淚，動人心魄，本書限於篇幅只節取其中與曹彪相互慰勉的段落，以見兄弟情深。在本章之前，曹植坦言骨肉分離是憂患之根源：「鬱紓將何念，親愛在離居。」也對曹彰之死傷悼不已：「奈何念同生，一往形不歸。」更因而興起人生如朝露的悲慨。本章則強自振作，自我寬解，用大丈夫志在四海的開闊，消解萬里之遙的距離將之化作比鄰；又用心靈超越時空的力量，提示相隔越是遙遠情分越是深濃的邏輯，因而，又何必朝夕相處同一寢帳才能殷勤問候呢？言下之意，眞情摯意是足以跨越一切空間阻隔的，爲離別憂思成疾，只是小兒女們的意態吧！怎是大丈夫當爲之事？所有可以想像的寬慰都已道盡，卻仍敵不過骨肉手足在倉卒間乍別的酸楚，離別當下的傷痛使任何寬解都顯得徒勞。本章顯現出作者如何用盡一切努力，昇華手足相聚的願望，仍終告失敗，因爲當事人深知這是一場生離作死別的永訣，在全詩的最後，詩人終於道出：「變故在斯須，百年誰能持。離別永無會，執手將何時。」的憂懼，後來，曹植眞的沒有機會再見到曹彪了，預知命運竟是如此慘痛的夢魘。

杜甫〈月夜憶舍弟〉

戍鼓斷人行，邊秋一雁聲。露從今夜白，月是故鄉明。有弟皆分散，無家問死生。寄書長不達，況乃未休兵。

杜甫是一位最重倫理親情的詩人，深重的情義在戰亂時節更加煥發出動人的光采。此詩抒寫離亂人生中的故鄉情與兄弟愛，由戰火的阻隔烘托出手足之情的綿密。首二句用戍鼓與秋雁的聲音意象寫戰火，前句熱烈後句淒惻顯現出人們身處戰爭中的驚恐失落，三四句則以上一下四的句法結構凸顯「露」、「月」等自然意象，一方面點出秋日的白露節氣，另一方面以「月」來聯繫遠方的故鄉，故鄉銘刻了兄弟們共同的成長經驗，望鄉正所以思人。但在戰亂中，這份思念不再甜美溫馨而是質變成無邊的掛慮；雖有兄弟卻分散各處，無法凝聚成所謂的「家」，甚至連兄弟的生死都難以詢得，形成人世間「有」與「無」的弔詭，遼遠的距離本就令書信難以送達，更何況是戰亂頻仍的時刻？杜甫以此詩將戰火中的兄弟情寫得眞切而深刻，這樣的詩不免令人反省到：手足之情或許正是一種朝夕相處、習焉不察的情感，一旦面臨生活得變故，油然而生的牽念，總是最爲眞摯的。

李益〈喜見外弟又言別〉

十年離亂後，長大一相逢。問姓驚初見；稱名憶舊容。別來滄海事；語罷暮天鐘。明日巴陵道，秋山又幾重。

此詩的前半以戲劇化的敍事手法，生動地呈現幼年別離長大重逢的驚疑情狀，「驚初見」與「憶舊容」截住了瞬間的意識變化，極爲傳神。後半首則融情入景以意象來呈顯「又言別」的情傷，「滄海」的漫浩是世事的紛紜，也有著滄海桑田的意味，時間推移到日暮，鐘聲是別離的警示，明日的巴陵道將是漸行漸遠重山阻隔的別離之路，以秋日的淒涼具現出「又別」的難以勝情。

柳子厚〈別舍弟宗一〉

零落殘魂倍黯然，雙垂別淚越江邊。一身去國六千里；萬死投荒十二年。

桂嶺瘴來雲似墨，洞庭春盡水如天。欲知此後相思夢，長在荆門郢樹煙。

這首與弟相別的詩融入了異常濃重的情思，句句言別離的不堪，又處處潛藏著自傷懷抱的悲慨，詩句凝鍊，情感層層遞進，讓人深刻體會到人在不如意時情感是格外脆弱的，因而，這首兄弟別離的詩便寫得倍感情傷。首句化用江淹〈別賦〉：「黯然銷魂者，唯別而已矣！」來點明黯然因別而起，但是，此身既因一再貶謫而驚斷爲「殘魂」，又復因流放邊荒而成「零落」，這般脆弱的魂魄再經親人之別，怎不倍加黯然？次句是離別的場景，越江是其貶所柳州諸江的泛稱。三、四二句展現出空間阻隔加上時間綿長是爲痛苦的根源，柳州離權力核心有六千里之遙，而已身在邊荒歷經萬死的困境亦已十二個年頭，二句雖是工巧的對偶，「一身」卻經「萬死」，「去國」所以「投荒」都對照出事與願違身不由己的困阨與苦難。若再並列出已身所在的桂嶺瘴雲如墨，弟將宦遊的洞庭春水如天，所揭示的便不僅是距離的遼遠，更是處境的判然，那麼，別後的相思夢自是縈繞在楚地的漫漫煙樹中，無論是洞庭、荆門、郢地都是宗一所要前往的楚地，柳宗元由此展開空間想像的地圖，編織入夢，末尾的「煙」字彷若以水墨的筆法渲染著迷離的夢境，讓離情別意獲得最飽滿的呈顯。

蘇軾〈和子由澠池懷舊〉

人生到處知何似？應似飛鴻踏雪泥。泥上偶然留指爪；鴻飛那復計東西？
老僧已死成新塔；壞壁無由見舊題。往日崎嶇還記否？路長人困蹇驢嘶。

蘇軾和蘇轍二人不但是中國文學史上罕見的兄弟檔，二人的手足之情更是令人稱羨的佳話。這首詩是蘇軾追和蘇轍〈懷澠池寄子瞻兄〉之作，蘇轍原詩很平實地追敍二人過去在澠池（河南省縣名）的共同經歷，蘇軾的和詩不但採用與蘇轍之作完全相同的押韻字，更含括了原詩所言及的種種經驗圖象；只是，蘇軾既善於經營意象又以更爲寬闊的視野來觀看此一人生經歷，寫來比蘇轍之作更覺雋永深刻。蘇轍原詩說：「相攜話別鄭原上，共道長途怕雪泥。」這應是當時二人討論路況的實情，蘇軾將此經驗揉合了飛鴻踏雪泥的想像，飛鴻的翺翔恰似人生的漫遊，不計東西正如人生道路擁有無限的可能，而雪泥上所留下的指爪便似生命偶然銘刻的痕跡。蘇軾不但以「雪泥鴻爪」呼應了蘇轍懷舊的主題，更使此一意象具有普遍而深廣的意涵，其境界意味不可同日而語。五六二句是藉二事寫今昔的對比，當年曾留宿的寺舍，其中的老僧已經過世，空留安其遺體的新塔；頹垣殘壁也無法再看到昔日二人的題句，這一切似乎意味著過往的經驗眞正留得下來的只有記憶的刻痕，外在的事物總在滄海桑田的循環變化中消逝。末尾二句便在喚起一段艱辛路程的回憶，蘇軾在此自注：「往歲馬死於二陵，騎驢至澠池。」此一突發狀況在當時必然倍覺困頓，勉強應變的結果是：一路行來長路漫漫，人困驢疲，駑鈍之驢的嘶鳴在人聽來自是不堪其苦的悲鳴吧！患難與共的經驗總是令人記憶深刻，蘇軾「往日崎嶇還記否？」呼喚的不僅是兄弟二人當年共同經歷的情景，更以「路」的意象隱喻著人生之途，緬懷著兄弟倆屢屢相互扶持共度難關的深情，與篇首即已揭開的人生視野相互呼應，形成無比開闊的格局。

朋友

杜甫〈贈衛八處士〉

人生不相見，動如參與商。今夕復何夕，共此燈燭光。少壯能幾時？鬢髮各已蒼！訪舊半為鬼，驚呼熱中腸。焉知二十載，重上君子堂。昔別君未婚，兒女忽成行。怡然敬父執，問我來何方？問答乃未已，驅兒羅酒漿。夜雨剪春韭，新炊間黃粱。主稱會面難，一舉累十觴。十觴亦不醉，感子故意長。明日隔山嶽，世事兩茫茫。

此詩以戲劇手法呈現造訪故友之家的情景，辭語流暢自然，蘊蓄深厚，在平凡的家常中深契著友情的素樸眞摯，喚起讀者心中的溫馨之感。人與人的離散聚合在身經戰亂的杜甫看來毋寧是相當悲觀的，動不動好友就會像天上的參星與商星此升彼落難以相見，那麼，偶然的相會怎不令人彌覺珍貴呢？杜甫援用詩經

〈綢繆〉：「今夕何夕？」的語句來表達難以置信的夢幻之感。驚喜略定之後，先是辨識彼此容顏的改變，而以蒼白的鬢髮作爲代表，接著是談論到友朋的訊息，才驚覺一半的人都已過世，驚恐之餘牽動的是一顆熾熱的心，這一切的出乎意料正如當時無法逆知二十年後能有再度登門造訪的機會。未婚時定交，今日則兒女成行，「忽」字道出了時間的飛逝與詩人的恍然，但恍惚失神的狀態立刻被眞誠實在的應對答問所消除，問答未完已趕辦著酒菜，一片熱絡的景象，不論是剪春韭爲菜或是炊煮間雜黃粱的米飯，都予人樸實熱情的溫馨之感。當二人酬酢之時更將情緒推到最高潮，會面之難令人倍感珍惜，累觴不醉是因心中赤熱情感的支撐，「故意長」之語句將感情視爲綿延的線，由過去延伸到此時，依然如故的情感隨著酒在體內的發酵不斷地湧現。畢竟，「未來」將如重山阻隔，一切都是未可知之天，這是所以萬般不忍「此刻」流逝，而倍覺珍惜的緣由吧！

杜甫〈夢李白〉

其一

死別已吞聲，生別常惻惻。江南瘴癘地，逐客無消息。故人入我夢，明我長相憶。恐非平生魂，路遠不可測。魂來楓林青，魂返關塞黑。君今在羅網，何以有羽翼？落月滿屋梁，猶疑照顏色。水深波浪闊，無使蛟龍得！

其二

浮雲終日行，遊子久不至。三夜頻夢君，情親見君意。告歸常局促，苦道來不易：江湖多風波，舟楫恐失墜。出門搔白首，若負平生志。冠蓋滿京華，斯人獨憔悴！孰云網恢恢？將老身反累！千秋萬歲名，寂寞身後事。

論到詩人間的友情，杜甫對李白的關懷是經常見諸於詩作的，相形之下，李白關懷杜甫的作品就少得多，因此，有人臆測二人的感情存在著不太平衡的現象。事實上，每個人都有獨特的性格，表達情感的方式也互異，很難有一認定的標準，更何況李白之詩散失的比例甚高，作品數量實不足以作為憑據。現存的杜甫作品中不但有贈李白之作，更有懷李白、憶李白甚至夢李白之作，對於李白的關懷可謂直透潛意識中，情深意摯溢於言表，絕不似一廂情願的投射，更不是浮泛的友誼所能達到，杜甫的主觀感受毋寧是我們最關切的。

杜甫在〈夢李白〉詩的啓首作出死別與生別在情感上的對照，「呑聲」是近乎哽咽的悲慟，但「已」字的時態提示了一段時間歷程，又有著知其不可挽回而心緒漸趨穩定的意味；「常惻惻」則是極言伴隨生離而來的永無止盡的牽掛，其所涵括的心緒狀態實較死別更形複雜，「惻惻」是每一念及時的心頭抽痛，因為無法對現況作出定向的安頓，便隨著不同的想像而煎熬不已。由於杜甫聞悉李白因牽連永王璘謀反之事，被流放夜郎，而憂心掛慮，首先念及的是南方乃瘴癘之地，不適於北人的生存，被放逐的朋友至今音訊渺茫。積想所至，故人竟似明白我的憂慮，靈心相感的翩然入夢以慰思情；然而，又不免心生疑惑，這會是眞的嗎？相隔那麼遙遠，怎麼可能就是所熟識的李白呢？只是，魂來魂返的境象如此鮮明，來時映襯著一片青翠的楓林，去時則是飄入深幽闃寂的關塞，逼眞的影象宛在目前，疑眞似幻令人無從辨別；回到現實的理性思維，則又質疑身繫囹圄的李白怎能得此飛翔的羽翼，渡越重關。恍恍惚惚之中，落月映照屋梁的餘暉仿若照見著李白的容顏，這是夢醒剎時的瞬間印象，等回過神來，便又跌入水深浪闊唯恐李白溺水的擔憂中。整首詩不但切中夢裡夢外的迷離之感，更直扣「常惻惻」的心靈活動，生離之所以較死別更爲苦澀，乃因生離也包含了死別的想像與模擬，是一更爲漫長的煎熬啊！

杜甫對於李白的思之、念之、夢之，實不一而足，在第二首〈夢李白〉中，浮雲游子寫李白行蹤的飄忽不定，帶出下聯的思念之殷，夢而至於三夜之頻，其不能自已之情令人動容，「情親見君意」更是何等的親愛與體恤。只是，難得的聚首總是如此匆忙，詩中藉著李白的自述申明「江湖多風波，舟楫恐失墜」的憂懼，與前首「水深波浪闊，無使蛟龍得」的叮嚀遙相呼應。此外，在這第二首詩中杜甫對於李白在夢裡的言語情態也有較爲深刻的描繪，不但寫盡李白的侷促、抑鬱、憔悴，而「冠蓋滿京華，斯人獨憔悴！孰云網恢恢？將老身反累！」的兩個鮮明的對照，更具顯出李白的不幸際遇與荒謬處境，因而深致不平之鳴。雖然，留傳千古的美名並不取決於當下的榮辱，這是聊堪告慰之事，但死後留名對於實存的個體而言，終究難逃現世的寂寞，何補於生命的淒涼？

在第一首詩中，杜甫寫眞幻交錯的夢境，愈是迷離愈顯情眞；在第二首中，則曲盡幽微地揣想李白平生抑鬱心事，情親意苦，非至性之人、至交之情無以道也。

韋應物〈寄全椒山中道士〉

今朝郡齋冷，忽念山中客。澗底束荆薪，歸來煮白石。欲持一瓢酒，遠慰風雨夕。落葉滿空山，何處尋行跡？

韋應物是一位最擅長以平淡之語寫深刻之情的詩人，「冷」字點出清晨書齋的氛圍，寒意由身體直透到心靈；此刻，驀地映入腦海中的友人影象，宛如一股暖流由心中升起，詩人想像著友人辛勤操持著日常生活的薪火與修行的飲食（煮白石），是思念更是牽掛。詩人想藉著一瓢溫熱的酒徹底融化自身的淒冷與友人的孤清，然而，此一遙想卻收束在空靈飄渺滿山黃葉的境象中。在這一首懷念朋友的詩中，詩人以友人的處境爲主體，關懷之情自然流瀉，當想像攀升到相聚共飲的熱情時，卻陡落在渺無友人身影的秋日空山中，畢竟，「思念」的本質只是一場「空」。

韋應物另有〈秋夜寄丘二十二員外〉：「懷君屬秋夜，散步詠涼天。山空松子落，幽人應未眠。」也是一首擅於經營懷友氛圍的小詩，詩人在秋涼如水的夜裡，靜聽著松子掉落的聲響，末句才點到朋友，「應」字不但道出了詩人此刻的思念，更說盡了相知相惜之情。

韋應物〈淮上喜會梁川故人〉

江漢曾為客，相逢每醉還。浮雲一別後，流水十年間。歡笑情如舊，蕭疏鬢已斑。何因不歸去？淮上有秋山。

這是一首寫故友重逢的作品，重逢的意味在過去的相逢必醉與此刻的歡笑如舊的往返中拉開，浮雲是遊子作別的姿態，流水是一去不回的時間；時序的秋天映襯著生命的黃昏，兩鬢的飛霜與疏落恰是一幅蕭瑟的秋景。在生命歷程中，一切如浮雲流水，什麼也留不住，目下能夠體現經久不變的，竟是這一份深摯的友誼；但世間從未有不散的筵席，詩人不忍道別，將一切停格在淮水之上的秋日山景，該是滿山的紅黃相間吧！是依戀於這一幅逐漸向晚的秋景，更是對於此情的無限低迴；「重逢」使人更懂得把握與珍惜。

柳子厚〈登柳州城樓寄漳汀封連四州刺史〉

城上高樓接大荒，海天愁思正茫茫。驚風亂颭芙蓉水；密雨斜侵薜荔牆。
嶺樹重遮千里目；江流曲似九迴腸。共來百粵文身地，猶自音書滯一鄉。

這首詩同時寄給四州刺史是有原因的，柳宗元早年憑其才學曾享有一段短暫的榮寵歲月，但隨著王叔文革新集團的失勢，柳宗元從此過著輾轉貶所的日子，先是十年的永州生涯（湖南零陵縣），繼是喪葬之地柳州（廣西柳州市），柳宗元及其志同道合的友人不但成爲執政者任意擺弄的棋子，更成了羞辱的對象。原來，當初同被貶爲州郡司馬而能倖免於死的五人，在十年後懸著希望重新奉詔入京，卻不升反降的被貶到更荒遠的柳、漳、汀、封、連各州爲刺史，其中也包括了詩人劉禹錫，「十年憔悴到秦京，誰料翻爲嶺外行」，正是他們荒謬處境的酸楚心聲，如此不堪的運命卻有著五人同受，這已經不是幸與不幸的個人際遇，而是給予始終抱持著「政治理想」的讀書人最大的譏諷；這樣的心情背景便是貫穿於此詩的基調。

甫到任所的柳宗元登上了柳州城樓，觸目所及盡是漫無邊際的荒涼與引生愁思的茫然。急驟的風雨，浪搖著水中芙蓉、侵襲著緣牆綠蔓，這一幅怵目驚心的景象是賦筆，更是詩人處境的隱喻；芙蓉、薜荔是脆弱而美好的詩人化身，驚風密雨的亂颭與斜侵便是環境無情的摧殘。登高本所以望遠，視線卻被重重疊疊的嶺樹所遮蔽，流水也蜿蜒曲折地宛若寸寸愁腸，詩人深刻的阻絕之感、鬱結之情與眼前所見融爲一體，雖然衆友同被貶在蠻荒之地，卻皆偏遠已極而無法聞問，音書的阻滯正意味著慰藉的渺茫。

詩人在這一首情景全然交織在一起的作品中寫下初識柳州的觀想經驗，詩人帶著貶謫的荒謬面對一片蠻荒土俗，是驚異、是不耐、是難以認同，更有著不可諱言的排斥，這該是中原人的正常反應吧？雖然，日後柳宗元用政績證明他是愛柳州的，但這畢竟是後話，鄉土之情永遠只根植於實在的鄉土經驗，這首詩透露出被條條框框所限制的文人，要放下身段回歸素樸，其實是很不容易的，柳宗元日後的努力便更形可貴。

白樂天〈問劉十九〉

綠螘新醅酒，紅泥小火爐。晚來天欲雪，能飲一杯無？

這是一首色彩鮮明、觸感敏銳，又渲染出一種溫馨之情的作品。泛在初釀未濾新酒上的綠渣，如細蟻鑽動，與溫酒的紅泥火爐相映成趣，在即將飄雪的夜裡，向友人提出溫暖的邀約。詩人以隨手拈來的生活美事，與友人共享，愈是細瑣，愈現情眞，「新醅」是詩人的急切，「火爐」是足以融化冰雪的熱情，詩人對於此情的體味始終是暖融融的。

眷眷鄉情——土地記憶的版圖

土地是人們生長的憑依，對於安土重遷的中國人而言，離開家鄉總是出於萬般的不得已，與鄉土割裂的痛楚便時時在心底發酵。漢代有一首歌謠這樣吟謳著：「高田種小麥，終久不成穗。男兒在他鄉，焉得不憔悴？」歌辭極爲簡樸，作者以生活經驗中的農作物作爲自身的寫照；小麥習於生長在平原，移植高地，便久久無法結穗收成，與寄旅他鄉的人日漸憔悴，不正是一種平行的對照嗎？鄉土是成長過程中不可或缺的依附，人與作物並無兩樣。此詩隱去了直言譬喻的語構，讓讀者在小麥與男兒的關係中尋思，若無基本的農作物常識也很難索解，因爲這是根於土地的歌謠，簡單的辭語道盡了鄉土對於生命的滋潤。

當然，斯土斯民，人對於土地的依戀總交織著人情，是家人，是鄉里，是朋友，也是一切成長的記憶。中國文人的離鄉或是基於戰亂，或是因爲宦遊，或爲尋求生計，或為開闊視野，原因不一而足，而在他鄉的種種際遇也成為興發鄉情的觸媒，思鄉是一種心靈的回歸。

漢樂府〈悲歌〉

悲歌可以當泣，遠望可以當歸。思念故鄉，鬱鬱纍纍。欲歸家無人，欲渡河無船。心思不能言，腸中車輪轉。

這首漢代樂府民歌完全集焦於思鄉的情意感受，將懷鄉念遠對於人心的摧折具體而傳神地描繪出來，予人感同身受的震撼。詩的首二聯所提示的悲歌、遠望都是鄉情難遣時的抒發，以悲吟歌詠取代哭泣，以登高望鄉權代歸家，前句道盡了思鄉情緒湧現時的隱忍壓抑，所謂「長歌之哀，過乎慟哭」，無法暢快渲洩的情感便只能化作悲歌，後句遠望聊以當歸更是一個虛空的寄託，接連兩個「可以」說的恰恰是強不可以為可的萬般無奈。有了這兩個排偶句的蘊蓄，接續再以兩個短句直揭思念故鄉的主題，抑鬱之情在心內重積的樣貌都在兩組疊字中具體化成可以直感的形象，傳達出鬱悶之本質。再接下去則是詩人的期望與落空，而此落空竟是內緣與外因雙重的。「欲歸家無人」連思念的對象都已消逝，比有家歸不得之慟更甚，「欲渡河無船」則是環境的困頓險阻，即或有家，也是枉然，「家」竟變得如此虛無。這種種難以言訴的心靈苦況，就似車輪在曲折的腸道中輾過，詩人以豐富的想像成功地將心靈的抽象感受轉化成較易領會的身體意象，取喻素樸而眞切。詩人所承受的思鄉之苦，顯然是特別的時空背景所促成，這何嘗不是當時人的共同處境，因而，詩人在個人的吟詠中，投射出整個時代的面貌，使這首詩成爲東漢末年社會動亂下的時代縮影。

王勃〈山中〉

長江悲已滯，萬里念將歸。況屬高風晚，山山黃葉飛。

這首詩題爲「山中」，但更確切地說應是山中即景思歸，因而是一首以景言情含蓄念鄉的作品。首句寫由山上俯視長江的視覺意象及心理反應，由山上下望的長江，因距離與角度的關係，不再是滾滾滔滔，而是凝滯不前的，在此句中詩人加上了一個「悲」字讓這幅景象感染了主觀的色彩，因而，綿延萬里的長江引領的是詩人欲歸的心緒。第二句是全詩唯一直接道情的句子，但在長江萬里的烘托下，不但情思浩蕩，更且氣象開闊，這令我們想起謝朓有詩曰：「大江流日夜，客心悲未央。」（〈暫使下都夜發新林至京邑贈西府同僚〉）同樣是以長江闊其情，但取喩不同，謝朓以江水的川流不息，譬喩心中永不止息的客愁，王勃則是取其凝滯，以喩哽咽的鄉思。這一幅長江圖已足以令人愁思湧現；再加上時節已秋，滿山蕭瑟的秋景，更是情何以堪。「況」字有更進一層的意思，黃昏時節滿山遍野黃葉舞秋風，王勃用這幅山中即景的淒美畫面，具現懷鄉思歸的情思。這雖是一首四句的短詩，但詩人透過「長江」、「萬里」、「高風」、「山山」所凝塑出的視域竟得以含納四方、寬廣遼闊，文字意象的魔力於焉可見。

杜審言〈和晉陵陸丞早春遊望〉

獨有宦遊人，偏驚物候新。雲霞出海曙，梅柳渡江春。淑氣催黃鳥，晴光轉綠蘋。忽聞歌古調，歸思欲霑巾。

這首詩的結構是首聯及末聯寫情，中間兩聯以精緻的對偶寫景，而不論是寫情或寫景，都顯現出精鍊的律體要求。首聯詩點明情緒起伏的內緣與外因，「宦遊人」是遠離家鄉遊宦在外的人，它意味著離鄉背井，身不由己，甚至是志不獲騁的處境，因而詩人得以在這樣的身分提示中含蓄地蘊藏著情感的能量。至於「物候新」便是外在的遭遇，而此遭遇全在自然的循環變化之中而無從逃躲，這樣的遭逢對原本就已脆弱的心緒，更有著催化發酵的作用，不堪卻又偏遇，「驚」字是被觸動時的反應，也暗示了「早」春，「新」字則道出詩人與世俗喜新的心情相逆。中間二聯的寫景則是以「新」的意象來呼應「早春」的題旨，而新的意涵全由四句的動詞傳出，詩人以一幅幅動態畫面讓人的感官隨著春天而甦醒，首先是旭日由海上初昇，輻射出一片霞光雲影，畫面寬闊而亮麗，接續則將梅柳初滋擬人化成由南北渡的輕俏步伐，不但靈動可愛，也道出南北季候的差異。第三句則轉爲用一種近乎觸覺與嗅覺的混合意象——由春日的和煦之氣，帶出清脆悅耳的聽覺意象——鳥鳴聲；當陽光投射在水上的綠蘋，映照的角度與浮蘋的飄遊互動出一幅光影變化明暗參差的畫面。至此，春天的氣息瀰散在空氣之中，充滿了人的感官。身處這般的情境中，怎麼經得起一絲一毫的撩撥？或許正是陸丞相詩中曾經流露的宦情與歸意，感染著詩人也興起了眷眷鄉情，並成爲這首和詩的主題。詩人以早春的氛圍渲染著一年容易又春天，卻仍羈旅未歸的無奈。

王昌齡〈從軍行〉七首選二

烽火城西百尺樓，黃昏獨坐海風秋。更吹羌笛關山月，無那金閨萬里愁。

琵琶起舞換新聲，總是關山離別情。撩亂邊愁聽不盡，高高秋月照長城。

鄉愁是時空阻隔下的心靈活動，常常隨著時間的積累、特殊的地理環境而有著不同的起伏變化。在中國詩歌的題材中有一類以邊塞爲主題的作品，這類詩歌或是激昂慷慨地描繪戰爭，或是哀婉動人地抒寫離情，一般而言，邊地的鄉愁總是予人格外哀淒之感，其因便在於特殊的時空氛圍。第一篇〈從軍行〉中，首句便以烽火意象代表戰火，以高聳的瞭望臺揭示備戰的警戒狀態，戰場上的肅殺之氣已充分凝聚，次句則隱現了一位秋日黃昏迎著青海湖風獨坐戍樓的士卒，其身影的渺小、心靈的孤寂都在邊地蕭颯的秋景中呈現，一望無垠的廣漠只是無以望鄉的茫然，思鄉的情境本已蘊蓄到飽和，此時更再有吹奏「關山月」的羌笛聲傳來，情感之堤便要潰決。樂音是最能引人遐想、塑造情境的媒介，「關山月」是傷離的哀怨曲調，胡樂羌笛更時時提醒著詩人身處異域的事實，詩人心底的鄉愁早已不言而喻，便轉而寫閨中思婦的無奈。這樣的手法不但比直道己情更爲含蓄深遠，也凸顯出思念活動本身的相互性，以及情感關係中的信任、堅定與體貼，精準地掌握住絕句語少意多、情韻悠遠的特質。

第二篇〈從軍行〉中，詩人轉寫邊地樂音對於士卒鄉愁的撩撥，讓人無法迴避逃躲。首句寫琵琶聲起，隨著舞蹈不停地變換著曲調樂聲，但是聽在思歸之人的耳裡，「總是」不脫邊地離愁的內容，這可能是客觀的事實，也可能是詩人主觀的投射。詩人處在胡樂胡音的侵襲下，撩起的是無窮無盡的紛亂心緒，「聽不盡」的是外在的樂音，更是內在的呼喚。截至第三句，詩人的邊愁已經帶到最高點，令人屏息以待，然而，詩人卻拉開鏡頭以一幅寬闊的邊塞圖作結，是典型的以景結情的手法；暗含著音訊渺茫、生死未卜、歸期無著，乃至於生活不調的邊愁，這豈僅是聽不盡，更且是說不出、道不完，一切的悲淒都在這幅只有明月長城的邊塞圖中不斷湧現，深得餘味無窮之韻。

同樣以樂音寫邊愁的還有李益的〈夜上受降城聞笛〉：「回樂峰前沙似雪，受降城外月如霜。不知何處吹蘆管，一夜征人盡望鄉。」前二句經營著邊塞酷烈無情的地理環境，下二句則以蘆管樂音的撩動，寫征人們敏感脆弱的情緒，詩人用集體一致「望鄉」的反應，勾勒出征人劇烈的情感波動，其中更潛行著面對運命的無可奈何。

孟浩然〈宿建德江〉

移舟泊煙渚，日暮客愁新。野曠天低樹，江清月近人。

這是一首因夜宿江邊而引發鄉愁的詩，詩人以境取勝，濃郁的鄉愁全在景致中生出，詩的首句是船隻漸漸止泊在水氣迷漫的州渚邊，當外在行止停歇下來，隨著黃昏的來臨，一切的活動都回向心靈深處，一股濃郁的鄉愁在心中油然升起，「新」字強調的是那份感受的眞切性與當下性，當詩人意識到這分愁緒與過去經驗都不相同時，便是其體認當下的一種形式。後面兩句便是帶著這樣的心緒所感到的周遭情境，遠眺曠野遼遠天際開闊，相形之下樹在畫面中顯得低矮，這傳達的正是一個「曠」字，予人孤寂無依之感；下句則寫近觀江水，在清澈的江水中尋得倍感親切的月亮倒影，詩人將一種視覺的落差轉換成心靈的慰藉，明月可作爲故鄉的替喻，月的親近，正是故鄉的親近。

孟浩然〈早寒江上有懷〉

木落雁南渡，北風江上寒。我家襄水曲，遥隔楚雲端。鄉淚客中盡，孤帆天際看。迷津欲有問，平海夕漫漫。

這仍是一首充滿鄉情的作品，但在其中又織進了複雜的情愫，使詩中的情感更爲深厚溫婉。詩的首聯呼應著詩題「早寒」，落木蕭蕭，鴻雁南度，是典型的秋景，北風呼呼則時序已冬，江上的寒意對顯出記憶中的溫暖家園，位在襄水曲流處的襄陽，與此地遙隔著楚地雲霞，這兩句以近乎民歌式的「流水對」活潑順暢地點明了古今相關的地理位置。望鄉的眼淚在客居他鄉中傾瀉殆盡，思暮的心引領著目光追隨著遠處江上的帆影，孟浩然的這兩句詩令人想起謝朓詩：「天際識歸舟，雲中辨江樹」，這種凝神遠望、仔細分辨的動作，總使人聯想到內在的渴欲。思暮既如此深刻，任誰都會問一句：「爲何不回去呢？」詩人以極爲含蓄的手法，道出了心中的迷惘困惑；渡口原是歸鄉的起點，然而，卻是「迷津」，這是環境的限制？還是自己的猶豫？江水匯融於海，夕陽餘暉瀰漫天際，遼闊無邊的是愁緒也是無盡的迷惘。孟浩然算得上是一位終身隱居的詩人，但在生命的歷程中，實充滿了仕隱的矛盾，離鄉的原因不乏漫遊各地尋求任用的可能，詩人的迷津之喻實是仕途與人生渡口的交疊。

李白〈春夜洛城聞笛〉

誰家玉笛暗飛聲，散入春風滿洛城。此夜曲中聞折柳，何人不起故園情。

這首詩也是藉樂音來興發懷鄉之情，但是李白處理樂音雖哀怨卻不失輕快流動之感，淡淡幽情隨春風傳送，不似邊愁那樣沉重。第一句詩採用民歌慣用的問句形式起始，便予人活潑輕快之感，玉笛的質地與在暗夜裡輕揚的笛聲都引人產生悠美的想像，再藉著和煦的春風飄散到洛陽城的每一個角落，又具現了樂聲無孔不入的特性，就在此夜，聽到滿是離情別緒的「折柳曲」，任誰都不免興起懷念故鄉的情感：由於柳與留諧音，古時乃有折柳爲別的風俗，樂府中即有〈折楊柳〉曲，在這裡李白可能實指這首曲調，也可能泛指意含離情的樂音。詩的首句以「誰家」爲始，末句以「何人」爲結，顯現出離情的遍在性與永恆性。

岑參〈逢入京使〉

故園東望路漫漫，雙袖龍鍾淚不乾。馬上相逢無紙筆，憑君傳語報平安。

這首詩的鄉愁與其他作品多出於靜靜的思念頗爲不同，而是在一個具體的動作中展現，詩人準確地掌握住路逢入京使者的瞬間，將那分匆忙急切的心情表露無遺。詩的首句點出故園在東而己向西行的漫長距離，一路行來，思鄉的淚沾濡著雙袖總也不乾。懷抱著如此沈重的心事卻路逢歸京的使者，行色匆促得來不及寫一封家書，但怎能錯失這樣的機會，那怕只是帶個「一切平安」的口信也好！多少牽掛、體貼之情都在最後一句流出；其實，也只有平安是可以請人言傳的，深植詩人心中的懸念與每一念及便潸然淚下的鄉愁，自身尚且難以言喻，又豈是外人所能傳達的，因此，在詩的背後實蘊涵著言不盡意的悵惘。

杜甫〈春望〉

國破山河在，城春草木深。感時花濺淚，恨別鳥驚心。烽火連三月，家書抵萬金。白頭搔更短，渾欲不勝簪。

杜甫詩的鄉情多半是以戰亂之聲作爲背景音樂的，讀來特有一種超越個人處境的悲感。這首詩作於安史之亂，杜甫身陷長安與家人隔絕之時。首句「國破」二字即沈痛地指陳首都的淪陷，「城春」則點出時序，但國與山河間的弔詭關係，令人警醒到，山河原不會因爲政權的轉移而有改易，因而，國雖破山河卻猶在，任何領土的宣示，在屹立不搖的山川面前，不免顯得荒謬。時序已春，卻是草木徒長，二句共同呈現出一種戰後蕭索的景象。其實，今春何嘗沒有花鳥，但在國破的時局下，花尚且含淚，在別離的處境裡，鳴鳥也只是徒增驚恐，一切的日常情感都受到扭曲，價值觀也因而丕變，在烽火漫天的日子裡，家書是最最珍貴的，家書未抵，憂懼不止，詩人以搔首、落髮、不堪簪插等鮮明的形象具現思鄉令人老的無盡摧折。

杜甫〈聞官軍收河南河北〉

劍外忽傳收薊北，初聞涕淚滿衣裳。卻看妻子愁何在？漫卷詩書喜欲狂。
白日放歌須縱酒，青春作伴好還鄉。即從巴峽穿巫峽，便下襄陽向洛陽。

這首詩是杜甫避居蜀地，遙聞官軍收復洛陽附近的失地，而深感擾攘多年的安史之亂即將結束，禁不住欣喜若狂的寫照。杜甫身經離亂多年，又對國事充滿憂患意識，在得知亂局底定時的心情不難想見，只是激烈的情緒是最難以藝術形式來表達的，如何恰如其分地呈顯獨特的情感經驗，實是考驗作者功力的難題。

杜甫的這首詩顯然是一個非常成功的傑作，它有一個顯而易見的特色即是詩的首句與末聯有許多地名，以及由這一連串的地名所形成的韻律，而這種節奏感也正是杜甫心靈節拍的外現。詩的首句「劍外」指的是杜甫所居的蜀地，薊北則是河北省北部，亦即安史叛軍的基地，兩個相隔遼遠的地名以「忽」字相連，顯示的是捷報傳遞的快速與突然，第二句則是初聞喜訊時的立即反應，除了喜極而泣外，更有著渲洩滿腔憂懼的暢快；稍稍回過神來便不免想要看看別人的反應，這也是一種分享的自然心理；回頭望見的是妻子一掃臉上的陰霾，而自己更是漫不經心地捲起詩書，那還有心情閱讀呢？早巴望著趕快收拾行囊了。眼下的生活便是沉浸在歸鄉的一片浪漫幻想中，白日的縱情歌酒，正抒發著酣暢淋漓的喜悅，擬想著春日的返鄉之路將是如此的美不勝收，當然，青春「作伴」的又何嘗不是妻子呢？接著杜甫腦海中浮現了一幅返鄉的地圖，就是這樣從巴峽穿過了巫峽，便可再接襄陽回到洛陽；杜甫藉著神遊，將漫長的路程一下子縮短在瞬息之間，這不正是歸心似箭的寫照嗎？

劉夢得〈秋風引〉

何處秋風起？蕭蕭送雁群。朝來入庭樹，孤客最先聞。

在四句詩中，三句都在寫秋風，似是呼應著詩題，但結尾「孤客最先聞」便全收攏在作客他鄉的孤獨心靈中，前面送群雁西歸、吹入庭中的秋風都在烘托詩人脆弱敏感的心。以景寫情的手法，讓鄉情含吐不露，卻沉浸在秋的蕭瑟中，慢慢擴散。

張繼〈楓橋夜泊〉

月落烏啼霜滿天，江楓漁火對愁眠。姑蘇城外寒山寺，夜半鐘聲到客船。

鄉情是普遍的，也是抽象的，詩人所要創造的不外乎感受鄉愁的情境，使自身以及讀者對於此一遍在人心的情感能夠產生新的感受與體會。這首詩便是經營出詩人夜泊楓橋當下的淒美情境，由此輕輕帶出「客船」點染羈旅情懷，讓鄉愁在此情境下進入無邊的想像中。月落、烏啼原是視覺與聽覺各自獨立的意象，但是在霜露滿天的背景底下，共同展現了深夜淒清孤寂之感。江楓、漁火則又分別以火紅的色彩劃破凝霜的天空，然而，如此豔麗的畫面卻使詩人心懷愁緒，濃烈的色彩恰似心中引燃的情緒，所謂「對愁眠」正是無法入睡。下面兩句便是詩人一夜無眠，靜靜諦聽鐘聲，品味鄉愁的描寫；鏡頭先拉到城外的寒山寺，再藉著鐘聲傳回客船。鄉愁實是時空睽違下的心靈活動，這首詩的前三句以極爲廣闊的空間意象，顯示一己存在的渺小無依與暗夜飄搖，使讀者得以設身處地的進入詩人的心緒之中，具體地感受那分難以盡言的鄉愁。

戴叔倫〈除夜宿石頭驛〉

旅館誰相問？寒燈獨可親。一年將盡夜，萬里未歸人。寥落悲前事；支離笑此身。愁顏與衰鬢，明日又逢春。

除夕夜是中國家庭最重要的團聚日，對於一個家庭而言一年之中沒有任何日子比這一天更爲重要，如果這一天無法與家人相聚而孤獨一人，其內心的淒苦也是最最難堪的，這首詩寫的便是這種心情。首二句意在經營一個獨字，寄宿的旅館只有寒燈相伴，以寒燈爲可親正所以凸顯無人存問的孤寂。中間的兩聯以順暢如流水的對偶寫深重的時空悲慨與平生的蕭瑟，前一聯寫夜與人在無盡的時空格局中顯現出將盡未盡、欲歸未歸的質性，情思脆弱的人處在如此逼現邊界時間的夜裡，形成了最爲哀痛的生命觀照。「寥落」是過往人生的處境，是詩人向外投射的淒涼況味，「支離」是輾轉顚沛的身形，是歷盡滄桑的軀體，「笑」字較「悲」字更透顯著蒼涼的意味。這樣的心靈與身軀在寒燈的映照中，便是無可掩藏的愁顏與白髮，而更爲不堪的是，儘管如此，時間仍繼續無情的推移，就在明日，又是一年春日的到來，春日對於除夜未歸的人應是只有驚心吧！

同樣寫除夜思鄉之情的還有崔塗〈除夜有感〉，其中有「漸與骨肉遠；轉於僮僕親」之句，尖銳地點出長期的羈旅生涯，迫使人在情感的親疏上背反了常理，「那堪正飄泊？明日歲華新」則深刻地道出了除夜仍在飄泊的苦況，可與此詩參看。

馬戴〈落日悵望〉

孤雲與歸鳥，千里片時間。念我何留滯？辭家久未還。微陽下喬木；遠燒入秋山。臨水不敢照，恐驚平昔顏。

這首詩是以落日即景來寫自身的羈旅情懷，時序之秋與生命之秋交織暈染出一片令人悵然的暮色，久滯不歸的抑鬱乃轉為與時間競走的挫敗，因為「不歸」往往即因「未成」，飄泊本身即是某種意義的失落。詩的首句並列兩個獨立的黃昏意象：孤雲與歸鳥，其屬性則是由下面的一句來限定，孤雲除了孤絕之外更是飄浮不定、瞬間遊移，歸鳥當是以迅疾的速度飛返家園，詩人在此下所感受到的是無限遼遠的空間與急速飛逝的時間。感念自身的留滯正呼應著「孤」字，恍然於久未還家則是呼應著「歸」字。接續轉爲對於夕陽餘暉的描繪，「微陽」言太陽的光芒漸弱，一輪火球緩緩落入樹叢，染紅了秋日的森林，霞光與秋山相互映襯，仿若遠遠地點燃了山火。詩人運用想像給予落日眩目的色彩，更渲染著情緒，末尾便是在此悵望之中，道出了心中的驚懼，不敢覷見自己的容顏，只因不堪認取歲月留在臉上的刻痕。

王介甫〈葛溪驛〉

缺月昏昏夜未央，一燈明滅照秋床。病身最覺風霜早；歸夢不知山水長。

坐感歲時歌慷慨；起看天地色淒涼。鳴蟬更亂行人耳，正抱疏桐葉半黃。

這首詩以驛館思歸爲主題，全以一片夜色烘托，交揉出深邃的生命之感，擴大了鄉情的格局。首句刻劃夜半迷濛的缺月，帶出一種昏沉黯淡的氛圍，眼前是一盞孤燈映照眠床，「明滅」寫出燈火閃爍的動感，既相對於昏昏的月色，也凸顯一夜無眠唯有孤燈爲伴的寂寥，「秋床」不但點出時序，也爲寢室增添幾許哀淒的色彩。第三句寫抱病的身軀對於節候的變化格外敏感，也格外難以承受；思歸的心只有在遠離現實的夢境中能夠獲得慰藉，因爲在那兒，歸鄉的路不再漫長；然而，短暫的「不知」，正所以對照出時時刻刻清晰無比的確知。徹夜或起或坐之際，詩人詠嘆著歲往時移，天地一片淒涼，此時的蟬鳴也成了勾引離情，徒亂人心的聲響，鳴蟬所環抱的梧桐也正是枝葉疏落變黃的時刻。詩結束在與首句呼應的昏黃夜色中，被時空限定在葛溪驛此夜的身形，已從與家鄉的睽違凝積成深刻的孤絕之感。

陸游〈寒食〉

峽雲烘日已成霞；瀼水生文淺見沙。又向蠻方作寒食；強持卮酒對梨花。
身如巢燕年年客；心羨游僧處處家。賴有春風能領略，一生相伴遍天涯。

這首詩是在寒食節作客他鄉的抒詠，詩人採取迥異於一般的觀照角度，展現出通達自足的生命境界。首二句是精鍊的描景之句，上句寫雲朵烘襯著太陽，讓自身也慢慢散成霞彩，詩人巧妙地繪出夕陽餘暉令人目不暇給的色彩變化，下句則寫水紋清淺、細沙可見的素淨，此時詩人身居偏遠的夔州任所，在此度過寒食已非第一次了，面對這無法改變的處境，只能與梨花對飲，強自寬慰。在此思歸卻仍滯留之際，詩人並未顧影自憐，反而細細品味遊宦生涯的況味，形軀仿若年年南飛作客的築巢燕兒，如果爲客較居家更爲頻仍，那麼家的意義便不免令人尷尬；與其總是心念家園，倒欣羨起四海雲游處處爲家的僧侶，他們隨遇而安，已超脫得讓家隨身轉，實則，處處爲家正是擺落了「家」的執念，了無家的掛礙。只是，這畢竟不是一般人的心念，對於情繫家園的遊子也就只能感念著春風的善體人意，天涯爲伴。詩人對於自身的處境及情感特質了然於心，雖不求徹底的超脫，卻擅於採尋點點滴滴開闊襟懷的溫馨慰藉。

離情依依——空間距離的懸念

古人的別離比之現代人要困頓得多，原因自然不外乎交通不便、音訊渺茫對於時空阻隔的強化作用，推至極端，有時，甚至是「離別永無會」。因而，古人對於離別也較之今人鄭重、深情多了。離別畢竟是人生的苦難，只是，苦難的淬鍊帶給人生的啓示，往往也是彌足珍貴的。所謂「惟念當離別，恩情日已新」，離別當下的不捨使人對於昔日恩情的體認感念足以產生積極的作用，甚至可以說，「人生無離別，誰知恩愛重」，距離的阻隔帶來仔細回溯、小心認取的想像空間，離別使人懂得珍惜。隨著科技進步，現代人的離別縮短了時空距離所帶來的煎熬，然而，人與人的疏離感卻也與日俱增，古今對照，或許可以給我們一些啓示。

〈別詩〉三首其一（舊題李陵詩）

良時不再至，離別在須臾。屏營衢路側，執手野踟躕。仰視浮雲馳，奄忽互相踰。風波一失所，各在天一隅。長當從此別，且復立斯須，欲因晨風發，送子以賤軀。

這首別離詩舊題爲李陵與蘇武的送別之作，現在已經證明這不可能是那個時期的作品，但是這個結果並無損於此詩可以作爲東漢時期別離詩的代表，詩的情境意念都專注在臨別頃刻間的流轉變化，直透離別的本質，深具普遍性。詩的首聯「須臾」點明離別的瞬間性，並由此意識到一切過往的歡聚良時都將因此無法再得，此刻的離人在大道旁的幾個動作：執手、彷徨、徘徊都是依依不捨的肢體語言。下面四句的浮雲意象由實景自然流轉成譬喻，浮雲的聚合離散總在風波的吹撫下，倏忽間飄飛踰越，分在一隅，浮雲意象彷彿更使詩人確認到離別的無可逃避，面對即將分手的此刻，就再站一時片刻吧！其實更想的是藉著晨風以我的軀體來爲你送行。詩結束在這樣的綿密情思，直可謂不別之別了。全詩沒有寬慰，不求超脫，就是如此細細品味著離別當下的情意活動，除了不捨還是不捨。這難道不是我們最熟悉的離別感受嗎？

沈約〈別范安成〉

生平少年日，分手易前期。及爾同衰暮，非復別離時。勿言一樽酒，明日難重持。夢中不識路，何以慰相思？

這首詩是抒寫離別之情的名作，用少別與老別兩相對照，凸顯詩人對當下之聚首的無限依戀之情。詩題中的范安成，名范岫，曾任南朝齊的安成內史，故有范安成之稱。沈約與范岫是至交好友，在南朝的宋齊兩代都同獲任用。

詩的開首是對過去年少之別的追憶，當時對於離別的感覺是：很容易就會再見面了，分手是那麼輕易之事。然而，當你我同樣邁向衰老的暮年歲月，一切都隨之改觀，時間在人的容顏上留下刻痕，也改變了心靈對於別離的感受。年輕生命所特有的瀟灑樂觀已不復可見，轉而是對於每一刻的留連都倍感珍惜，別輕看了此刻區區的一杯酒，如此的對酌，是今日別後明日難再的機會了。分手後別說是晤面難期，即或是寄託於夢境以尋求慰藉，也可能無功而返，又將如何了卻別後的相思呢？最後的這一聯詩人巧用了《韓非子》的故事以增詩句的意蘊，故事是說在戰國時，張敏與高惠是兩位好友，分別後張敏於夢中尋訪高惠，卻迷途而返。詩的結尾，詩人用「夢亦難成」，訴說著別後的悠悠情思是永遠難以平撫的傷痛。全詩自然流暢如相對晤語，卻是以歷盡人世滄桑的生命厚度來體現離別在人心中日趨深刻的意義。

何遜〈相送〉

客心已百念，孤遊重千里。江暗雨欲來，浪白風初起。

何遜是南朝齊、梁的詩人，這首題名〈相送〉的詩就字面而言，可以是詩人送別友人，也可以是詩人即將遠行，留別送行者。由於詩僅有四句，而下二句又屬寫景之句，詮釋的依據便落在前二句的抒情句上，關鍵在於「客心」與「孤遊」是行者自述還是送者的體恤之辭？雖然在沒有主詞受詞的限制下，兩說皆可成立，但從首句「客心已百念」的心緒糾葛，又更進一層遙想將要踏上千里遠隔的孤獨旅程，其心緒意念無不環繞在即將遠行作客他鄉的事實上，視爲詩人將行的自述似乎更爲貼切，類似的用意也曾見於與何遜同時的詩人謝朓的名句中：「大江流日夜，客心悲未央」以江水的不捨晝夜情狀時時隱現的客心悲懷，客遊的萬念紛陳實是遠行之人具體的心靈狀態，謝朓與何遜的「客心」作爲詩人自述都顯得格外動人心魄。前二句既自抒客遊的心念，下二句便轉爲摹景，勾勒出江面濃雲密佈，風雨欲來的晦暗，天候予人陰鬱深沈之感，與詩人憂慮前程的心情正相呼應，此時江面上也隨風開始翻起白浪，浪花打破了陰鬱，予人壯闊之感，但前程又將有多少風波呢？這首詩當是一首水路之別的作品，詩人巧妙地結合江上風光與個人前途，景中含情地抒寫著百味雜陳的離情。

王勃〈送杜少府之任蜀州〉

城闕輔三秦，風煙望五津。與君離別意，同是宦遊人。海內存知己，天涯若比鄰。無為在歧路，兒女共沾巾。

這是一首送別友人赴任的作品，詩人在時空意識、情感抒發上作了許多想像的超越，以排遣離別的悲傷情緒。第一句點明送行所在地長安，第二句則指向友人即將遠去的蜀地，以三秦和五津爲對，分別指涉夾輔長安的關中與四川岷江的五個渡口，而城闕與風煙則分別呈顯不同的地理景觀，長安在近處故「城闕」清晰可辨，五津渺遠故但見風煙，虛實相對，恰如其分，顯現出詩人講究工巧的用心，由於意象本身跨越如此遼闊的空間，故能開顯寬廣的格局。第二聯則點明別意，但詩人在二人的離別處境中更編織進「宦遊」的共同身分經歷，宦遊各地身不由己才是屢經別離之苦的根源，也正是二人不待言傳的默會。身爲官僚體系中的一員，沒有不受羈絆的自由，面對難以割捨的友情，只能以更寬廣的角度觀照，用精神的超越化解時空的阻隔，從而便有了流傳千古的名句：「海內存知己，天涯若比鄰。」身爲大丈夫，不應也不會像小兒女般在臨別的道路上泣涕漣漣吧！其實，越是如此強作解語，似乎越是讓人窺見離人眼眶中的淚水。

王維〈送元二使安西〉

渭城朝雨浥輕塵，客舍青青柳色新。勸君更盡一杯酒，西出陽關無故人。

此詩即是大家所熟知的〈陽關三疊〉，雖然歌辭簡短卻在樂曲中有著種種複沓的音節變化，因而，大家對於此曲印象深刻的原因往往在其音律性。其實此詩除了音韻流美之外，意象與意境的經營都甚爲高妙，耐人尋味。首句點明離別之所渭城經過雨水浸潤的清晨，空氣中纖塵不染，客舍旁的柳枝益顯色澤鮮嫩，清新無比。這兩句細膩摹景的句子，實蘊蓄了深刻的離情別緒，除了其中寧謐清幽的意境外，「輕塵」含藏了風塵僕僕、揚塵而去的聯想，「柳色」更是折柳爲別的明示。臨別的酬酢總是彌足珍貴，但王維在此似乎有著更充分的理由，因爲友人元二將要出使的地方安西遠在塞外，那是一個沒有故人的異鄉，「故人」豈僅是王維而已，更是所有中原的朋友，又豈僅是無故人而已，更是非故土，無故物啊！友人別後的處境便在這麼一句含吐不盡的叮嚀中隱約呈現。

李白〈贈汪倫〉

李白乘舟將欲行，忽聞岸上踏歌聲。桃花潭水深千尺，不及汪倫送我情。

熱愛交遊又充滿浪漫情懷的李白，面臨在人生旅程中屢屢浮現的離別場景，總能幻化出種種因人、因情、因境的不同想像，經營出多元的離別風貌，也透顯出李白與衆不同的情感形式，屢屢創造出令人驚歎的詩篇，因而在這個單元裡也就不可避免地要多選幾首李白的離情詩。

依據宋人楊齊賢的注解，這首詩題贈的對象汪倫，是李白遊涇縣桃花潭時所結交的當地村人，這位熱情的民間友人常釀美酒款待李白，而李白的這首贈詩，據說到宋朝的汪倫後裔還一直保存著。這首詩的前二句直寫別離的場景，以簡鍊的動作寫出行者與送者的姿態，「踏歌聲」是歌唱時以腳踏地爲節拍，就這樣一個動作，送行人的村夫面貌便如現面前，而「忽聞」二字更凸顯出詩人的驚喜，如此出人意表的熱情歡送，怎不令詩人溫馨滿懷？接續寫相送的地點，桃花潭當是因桃花與潭水相映成趣而得名吧！這該是多麼優美的一泓潭水！李白便藉此烘托汪倫素樸眞摯的情誼比之桃花潭水更深厚更美好，流露的不僅是汪倫的深情，也是李白的感動。李白雖有其不可一世的自負，卻也能與村野之人眞情相對，可見其眞性情的一面。

李白〈送友人〉

青山橫北郭，白水遶東城。此地一為別，孤蓬萬里征。浮雲遊子意，落日
故人情。揮手自茲去，蕭蕭班馬鳴。

這是一首李白送別友人的作品，雖然不知道這位友人是誰，卻不影響此詩成為抒寫離情的傑作，感動著每一位離人。首聯青山白水，北郭東城，簡鍊工整中，又或橫或繞的顯出山水的意態，這就是分手之地，別後的友人彷若孤單的飛蓬飄泊萬里，然而落單的詩人又何嘗不是呢？雲遊無根是遊子的心情，落日依依是故人的不捨。臨別的一刻終究是到來了，李白與友人瀟灑的揮手，在分道揚鑣的路口，為蕭蕭的馬鳴所淹沒。在古書中「班馬」即是離別之馬，詩人捨棄對離人情態的描摩，將感官印象集中在馬的鳴聲中，以景結情地留下讀者深體別離況味的想像空間，同時也在依依別情中透顯出李白特有的瀟灑。

李白〈金陵酒肆留別〉

風吹柳花滿店香，吳姬壓酒喚客嚐。金陵子弟來相送，欲行不行各盡觴。

請君試問東流水，別意與之誰短長？

這首離別詩是描繪酒館裡衆人爲李白餞別的熱鬧場面，豪情沖淡了離愁，卻更顯情感的熾烈。首句的「柳花」指的是柳絮，「柳」字的提點便暗示了「留別」的旨意，上四下三的句法，似連實斷，滿店香其實不是花香而是下句的酒香，柳絮是沒有香氣的，但漫天飄絮的凄迷之感融合著人的感官，便使人無由分辨了吧！「吳姬」與「金陵」提示地域特色，「壓酒」是指將初熟之酒壓糟過濾，「喚客嚐」顯示出酒館女侍的熱情叫賣。送行之人都是當地的子弟，李白交遊四海廣結人緣的魅力再度得到印證，大夥兒齊聚一堂，不論是將要遠行的李白，或是送別的金陵子弟們都暢飮乾杯。這樣盡性的盛宴是如何溫暖了即將遠離者的心田？場面越是熱絡，李白的感動就越深吧！結尾處李白也以其豪情壯語回報著友朋們的摯情，用源遠流長、綿延不絕的流水，與此刻因別離在即所激盪出的盛情美意相比，友朋的情意還更加深長吧！末句雖出之以設問的語氣，卻更顯李白自信滿滿與感念萬千。李白的深情總是在豪放飄逸中更顯眞摯，全詩也將「留」與「別」的弔詭與張力表露無遺。

岑參〈白雪歌送武判官歸京〉

北風捲地白草折，胡天八月即飛雪。忽如一夜春風來，千樹萬樹梨花開。
散入珠簾濕羅幕，狐裘不暖錦衾薄。將軍角弓不得控，都護鐵衣冷難著。
瀚海闌干百丈冰，愁雲黲淡萬里凝。中軍置酒飲歸客，胡琴琵琶與羌笛。
紛紛暮雪下轅門，風掣紅旗凍不翻。輪臺東門送君去，去時雪滿天山路。
山迴路轉不見君，雪上空留馬行處。

這首送別詩的時空背景頗具特色，時值岑參任安西、北庭節度使判官之職，由於身處塞外，又逢寒冬之際，詩人乃以一首極具地域特色的白雪歌作爲送別友人的驪歌。詩的開首便寫北方氣候的荒寒，北風本就予人冷冽之感，詩人更以耐乾寒的牧草因風摧折來具象化風勢的強勁，隨著北風而來的，便是飛快地進入飄雪的世界。一夜的飛雪凝於枝頭，乍看之下仿若春風拂過，吹開了千樹萬樹的白色梨花，這未嘗不是故鄉的景致吧！這兩句詩將寒冬轉化成美不勝收的春景，不愧是描寫雪景的名句。然而這畢竟只是一時的錯覺，雪所帶來的寒氣才是持續並且無孔不入的，飛雪飄過珠簾沾濕了羅幕，逼人的寒氣令皮裘與織錦絲被都顯得不夠暖厚。更何況前線的將領還擔負著邊防要務，將軍配備的以獸角裝飾的弓箭冷得無法拉開，都護的盔甲凍得難以穿著，其艱難就更勝尋常生活了。浩瀚的沙漠縱橫著堅厚的冰雪，廣漠的天空凝凍著暗淡的雲霧，世界一片冰天雪地。

接著鏡頭轉向室內的餞別宴，胡琴、琵琶、羌笛是宴飲的配樂，在邊地音樂的氛圍中邊愁交織著離愁，情思既熱烈又悲涼。送別的時刻終於到來，營門外紛紛不停的暮雪，在冷風中凍結而無法飄揚的紅色軍旗，寫出輪臺東門臨別時的場景，目送友人在佈滿冰雪的天山路上漸行漸遠，隨著山路的蜿蜒曲折友人的身影也消失在冰雪之中，只留下雪地上的馬蹄痕跡，「空」字寫出詩人依依不捨的目光與無限低迴的情意。這首詩以大量的篇幅寫雪景，凸顯出塞外雪地之別的特殊情味。

韋應物〈初發揚子寄元大校書〉

悽悽去親愛，泛泛入煙霧。歸棹洛陽人，殘鐘廣陵樹。今朝為此別，何處還相遇？世事波上舟，沿洄安得住？

這是一首向友人告別的作品，其最大的特色是情景交融：景中含情，情中有景，情深意摯卻含蓄不盡。詩的前半首主要經營水路之別的意象，並出之以精工的對偶形式，首句直接道情，詩人懷著悽惻的心情慢慢泛入水氣瀰漫的江中，江上的煙霧彷彿也在渲染著這份告別友人的離情，形成悽悽與泛泛的交融。船上是航向洛陽的歸人，廣陵岸邊是漸行漸渺的樹色與鐘聲，這兩句不但鑲嵌進了必要的地理關係，也織入了詩人隨著行進方向愈益昇起的愁緒，「殘」字道出了詩人對於彼岸的依戀與無奈。今日的離別將人推向遇合難期的未來，這分不確定感便是憂傷的根源吧！推而廣之，人生的一切何嘗不是如此呢？世事變幻無窮，恰如行舟於波浪之上，或是逆流或是順流，豈是人力所能掌控行止的？詩人將其行舟的經驗化作人生的譬喻，由整體人生的視野來觀看離別的意義，是一種推闊，卻也更添幾許籠罩世事的無奈。

韋應物〈淮上即事寄廣陵親故〉

前舟已渺渺，欲渡誰相待？秋山起暮鐘，楚雨連滄海。風波離思滿；宿昔容鬢改。獨鳥下東南，廣陵何處在？

這首詩是詩人在淮水之上即事言情，細細品味著對於廣陵親友的懷念，離情別緒不僅是在當下，更在生活中繼續的延伸擴充。詩人在淮水之上望著已然遠去的船隻，興起了欲渡卻無憑的悵惘，至於欲渡的因由則在後文中慢慢展開。秋日黃昏的鐘聲，淮上蒼茫連海的暮雨，都予人淒楚迷離的印象，在這樣的風波中詩人蘊蓄著滿腹的離愁，思今念昔，對照出日漸衰老的容顏與鬢髮，風波因而也是人生憂患的象喻。孤獨的飛鳥向東南行進，詩人所思念的廣陵又在何方呢？在接連兩首詩中都足以讓我們體會到詩人對於廣陵人事的依戀，時間似乎不曾沖淡這份情感，懷念之情在生活中不斷發酵作用著。

白樂天〈草〉

離離原上草，一歲一枯榮。野火燒不盡，春風吹又生。遠芳侵古道，晴翠接荒城。又送王孫去，萋萋滿別情。

這首耳熟能詳的詩，表面上是詠物，實則是一首以草巧喻別情的作品。首句寫古原之上柔軟低垂的草，令人念起大自然周而復始的循環變化，野草從不曾完全消逝，總在春風又起時再度榮盛，在此「野火」代表著自然界中最具毀滅性的力量，然而，卻無法消滅草的生機，它們既伸向遠方的古道，又在晴日裡連接著荒城，遠芳、晴翠都予人生氣盎然之感，但荒城、古道又強烈傳達蕭條寂寥的氛圍，甚至是一種通向綿長歷史的時間之感，在此情境下送別，令人感染到的不僅是別情如春草萋萋不斷在心內蔓延擴張，更在「又」到送別時刻的認知中，深體別情在人生中竟亦如野草一般周而復始，繚繞不已。詩人賦予平凡的草芥無窮的生命力，並由此悟得離情的質性，眞可謂善體物者。

自然寄情——山水自然的徜徉

山水自然與人的關係一直是中國文化所關切的重要主題，反映在藝術文學上更是細膩多元。在中國古典詩歌中，詩人徜徉於山水之間，或是體悟到生命的意義，或是撫慰了抑鬱的心靈，或是擷取到片刻的寧靜，或僅是純任感官之美，都顯現出詩人因時因地因人的不同觀照，是理解欣賞中國人文精神的重要代表。

在中國古典詩歌的分類中，有關自然的作品基本上是分爲田園、山水與自然詩三個類別，而區分的產生完全是因應著作品的生成；與作者的身分、抒寫的內容都有關係，一般而言，躬耕的陶淵明是田園詩人，謝靈運、謝朓是山水詩人，王維、孟浩然則屬自然詩人，其名稱範圍，有逐漸擴大的趨勢，以今日的觀點視之，實可用自然一詞總括，但在此的自然並非指涉與人文相對的原始自然，而是一種人與自然的和諧狀態。人是自然的一部分，人的一切也理當屬之自然，它們的對立面是充滿塵囂與羈絆，使人異化的都市文明、政治文化，因而，自然往往與和諧的心靈境界關係密切。以田園詩爲例，所描繪的主要是農村生活，有其特具的人文景觀，雖與純粹的自然山水不同。但鄉野的人文景觀畢竟與城市迥異，田園中的屋舍田畦、雞犬牛羊，仍非常和諧的成爲大自然的一部分，反之城市文化則顯現出與自然抗衡對立的姿態，驅使人的心靈也朝著反向操作，而不再與自然相融。這種與自然諧和的精神是我們欣賞中國古典自然詩必須有的理解。

陶淵明〈歸園田居〉五首之一

少無適俗韻，性本愛丘山。誤落塵網中，一去三十年。羈鳥戀舊林，池魚思故淵。開荒南野際，守拙歸園田。方宅十餘畝，草屋八九間，榆柳蔭後簷，桃李羅堂前。曖曖遠人村；依依墟里煙。狗吠深巷中，雞鳴桑樹顛。户庭無塵雜，虛室有餘閒。久在樊籠裏，復得返自然。

如果說〈歸去來兮辭〉是陶淵明決定棄官歸隱的宣示，〈歸園田居〉一組詩則是安定後的告白，五首詩各從不同的面向體驗當下的生活，較之〈歸去來兮辭〉的理想浪漫，多了一份踏實，意念也更澄澈。這裡所選的第一首更有著序曲式的豐富意涵。詩的開首四句輕描淡寫的交代了過去的人生，並且將一切人生的錯置歸於本質性的問題，第一句承認自己向來與世俗的調子不合，性情本然是喜愛山林的，儘管說來如此簡單平常，這一段自我發現之旅陶淵明竟走了三十年，對於這三十年的人生，陶淵明用「誤落塵網」一語帶過，沒有對環境的怨懟，沒有過度的自責，只是深體人生中的一種錯置。爲什麼是三十年？陶淵明的官宦生涯，斷斷續續的不過十一、二年上下，這裡說三十年，一方面因爲三十是古人計算時間的成數，另一方面，出仕爲宦，是讀書人自幼立身的志願，也是一種根深柢固的價值觀，若以仕宦爲誤身，則所窮盡的歲月又豈止於眞正仕宦的時間？陶淵明退隱時已四十多歲，三十年殆指十來歲起追隨世俗價值觀迄今。對於這一段生涯，陶淵明用兩個意象作比喻：池魚、羈鳥，舊林、故淵則是心所嚮往的自然，「思」、「戀」便是使想望化作行動的情感力量，這兩個象喻結上啓下地開展出眼前的田園生活。一切從零開始，「開荒」是田園生活的序幕，「守拙」是此後的價値觀，拙乃相對於智巧而言，在道家思想中，實是一種至高的人生境界，陶淵明這樣說在自謙中實含著深刻的自期自許。此刻的「家」是十餘畝田地，八九間茅屋，後院有榆柳遮陰，前堂有桃李羅列，遠望有朦朧映現的村落與裊裊升起的炊煙；聽到的不外是雞鳴狗吠，從近到遠一切的一切都是如此平凡無奇，完全呼應了「守拙」的眞義。庭戶旣無塵雜，空蕩蕩的居處也令人心有餘閒，這裡陶淵明的用語充滿了一語雙關的意趣，「無塵雜」旣是田園的潔淨，也是遠離人事塵囂的煩擾，「虛室」則一方面是家當簡樸，另一方面也是修養心靈的場所，莊子書中即有「虛室生白，吉祥止止」之語，因而，餘閒便不僅止是事閒，更是心閒。無論是身或是心，對陶淵明而言都有如從禁錮中釋放出來，歸返自然，這裡的自然也不僅是田園山水的自然，更是人之所以爲人的自然而然，也正是擺落世俗的形塑而回歸本性本心。

陶淵明〈飲酒〉二十首選一

結廬在人境，而無車馬喧。問君何能爾，心遠地自偏。採菊東籬下，悠然見南山。山氣日夕佳，飛鳥相與還。此中有真意，欲辯已忘言。

陶淵明作品中的田園總是素樸而平淡的，田園並不是一個聊供賞玩的「對象」，而是與陶淵明合而爲一，不分彼我的存在，在前首詩中「復得返自然」即已道出回歸自然便是回歸本我，在這首詩中詩人更進一步呈現了一己消融於自然之中不復分辨的境界，這首詩也因而成爲陶淵明最具代表性的作品。詩的開始四句，以自問自答的方式，道出個人對於生存情境的抉擇，陶淵明選擇了遠離囂塵喧鬧而趨向於偏遠寧靜，這兩者其實都是「人境」，陶淵明擺落的是繁文縟節充滿僞善的俗世，嚮往的是回歸本眞的人際關係，心之所願自然繪成人生的藍圖。接下去的兩句幾已成爲陶淵明田園生活的代表意象，悠然是一種沒有目的性、可以無限幽遠的意態，隨意的在東籬採菊，與南山不經意的目會，故而是「見」南山，而不是帶有主觀意圖的「看」、「望」，就在採菊與見南山的俯仰自得中，讓人感受到那分悠然神往。近晚的山氣格外令人舒適，且有飛鳥相伴而還，山野田園的一切就是生活的本身，也是生命的本質。在心與境諧的當下，一切物我的對立都已消失，莊子有「得意忘言」之語，「忘言」不是難以言詮的語文層面，而是精神層面的「忘我」，人的一切分別心的根源都在對於自我的執念，當我消融在眞淳的自然之中與物爲一，便不再有呈顯分別心的語言，或者說一旦走出這個冥合的世界尋找描述的語言時，因爲分別的對立再起，諧和的關係即立刻消失。陶淵明對這種物我兩忘之境界的體會即是「眞」，淳樸而本然，這也正是陶淵明一生嚮往追尋的生命境界，他的忘言才是眞正的身在其中，此中的陶淵明不僅是詩人更是哲人。

謝靈運〈石壁精舍還湖中作〉

昏旦變氣候，山水含清暉。清暉能娛人，游子憺忘歸。出谷日尚早，入舟陽已微。林壑斂暝色，雲霞收夕霏。芰荷迭映蔚，蒲稗相因依。披拂趨南徑，愉悅偃東扉。慮澹物自輕，意愜理無違。寄言攝生客，試用此道推。

謝靈運是中國最早的重要山水詩人，同時也是畫家，他與山水的關係毋寧是藝術家的視界與品味，展現出與陶淵明迥然不同的意趣。在他的眼中「美」是山水的唯一標準，史載謝靈運曾有依據自身的審美觀鑿山浚湖的記錄，所以是否出於本然全不在他的考量範圍。而其歷覽山水更是抱著「懷新」、「尋異」（〈登江中孤嶼〉）的心情，因而，淳樸平凡顯然是無法引起他的興趣，山水對於謝靈運而言就是可堪娛悅，聊以忘憂的對象，詩人以敏銳的感官與山水相接，先讓我們充分感受到一個活躍於山水中的身體，才有從此而生的心靈感應，因而欣賞謝靈運的山水詩，主要在於他如何將感官的體驗轉化爲文字符號。

謝靈運的山水詩總有著很強烈的記遊性質，因而對於空間在時間之流的變化往往是多所用心的，而這分用心常常還細膩的表現在詩題上，像這首詩就特別限定是遊完石壁精舍之後回到湖中所作，因而，所寫是黃昏湖上的風光，這樣的用心多少顯現出詩人精確的寫實意圖。詩的首句便包含了詩人從早到晚所感受到的氣候變化，但重點是黃昏當下的感覺，並由此對照出與晨時的差異，此時的山水在向晚的陽光裡含蘊著清雅靈秀之氣，徜徉其中使人身心娛悅樂而忘返。晨出暮返，回到船上時陽光已經昏暗，這兩句呼應著首句與詩題。接下去的中間四句便是由湖中所見的景致，精麗而富於變化，細膩生動；首先是遠觀向晚的暮色漸漸被吸納到森林幽谷之中，天際的雲霞潑染著整片天空，將原本各自飄飛的雲朵收攏匯聚成彩霞滿天，這是一幅天地漸暗漸融的美景。視線隨著船的行進轉到水邊，芰、荷、蒲、稗這些水中植物，柔美的在晚風中相互映照、依倚，這幅悠美溫馨的畫面，引領著詩人來到岸邊，捨舟之後，披草疾行回到家中，愉悅地享受歷遊後的舒暢。詩如果結束在這裡，從始遊至歸家，結構也是相當完整的，並留下了無限快適的遐想。但謝靈運有著深厚的玄理背景，這樣的愉悅不僅是身體的展舒，同時也是心靈的洗滌，故最後謝靈運以直接說理的方式，道出他的體悟：思慮淡泊自然得以看輕外物得失，心存滿足便不會違反常理至道，謝靈運將這番體悟與重視養生延年之人分享，養生莫過於怡情，怡情則莫過於山水。

或許我們對於謝靈運的玄妙之理未必會心，但是從其工筆描繪色彩鮮明的詩句中，仍不難體會山水帶給人身心的愉悅。謝靈運一生孤傲，對於謝氏家族因改朝換代而式微耿耿於懷，不平之氣終身無法平息，鬱鬱以終，山水或許不能令他眞正看透，卻可以偶爾扮演著撫慰心靈的角色。

謝朓〈游東田〉

戚戚苦無悰，攜手共行樂。尋雲陟累榭，隨山望菌閣。遠樹曖阡阡，生煙紛漠漠。魚戲新荷動。鳥散餘花落。不對芳春酒，還望青山郭。

謝靈運之後的謝朓也是一位重要的山水詩人，他對於山水的刻畫描繪很多是承襲謝靈運而來，文學史上稱二人爲大謝、小謝。但後出的小謝仍然有著與大謝不盡相同的風格，首先是，小謝的作品中已經明顯減少甚至刪除詩末的說理成分，代之以羈旅情懷或切合當下處境的心緒，在情感的抒發上具體得多。在寫景上，小謝比大謝更重視細膩的描繪，奇山峻嶺的視野明顯減少，取而代之的是靈動的自然脈息。此外，更爲流暢的音韻、語言，也顯現出小謝過渡到唐詩的痕跡。

這首詩寫的是寄情山水、聊以忘憂的日常遊覽，東田在南京附近，是當時的名勝，詩的開首始於一分苦悶的情緒，心懷憂慮、鬱鬱寡歡，和友朋攜手同遊便成了消憂的最佳選擇。南京是南朝各代的定都之所，因而，除了環山臨河的優越地理條件外，也有著許多富麗堂皇的人文景觀，三、四句所描繪的臺榭樓閣便屬此類，謝朓用「尋雲」、「隨山」刻畫依山而建層層升高的建築物，或是親登或是遠眺，臺榭樓閣之壯麗顯然是此地別於他處的特殊景致。接下去的四句則轉以自然景物爲主，遠處鬱鬱蔥蔥的綠樹與繚繞漫佈的煙霧，點染出一幅淡雅靜穆的水墨畫。近觀則有魚鳥嬉戲的生動畫面，游魚在水中穿梭，擾動了新生的嫩荷，群鳥齊飛振動得落英紛紛。謝朓在這二句詩中巧妙地掌握了物態瞬間的共時性，令人對魚戲、荷動，鳥散、花落有著目不暇給之感，但又在「新荷」與「餘花」的對照中傳達出春末夏初的訊息，這一幕晚春即景已是稍縱即逝。詩的末尾便帶出傷春惜時，對山川美景無限依戀的情感。詩的前後形成一種苦悶情緒的循環，只是經過一番山水洗禮，情緒的焦點已經有所轉移。

王籍〈入若耶溪〉

艅艎何汎汎，空水共悠悠。陰霞生遠岫，陽景逐回流。蟬噪林逾靜，鳥鳴山更幽。此地動歸念，長年悲倦游。

王籍是南朝梁的詩人，在他任職湘東王諮議參軍時，常於會稽附近遊覽，若耶溪即在今日浙江省紹興縣南若耶山下。「艅艎」原是船名，這裡是泛指船隻，首句寫船行溪上順流無阻，由舟中望向天際，水天一色，漫漫悠悠。遠處的山峰雲霞層生，太陽的光影追逐著波動的水流。這兩句不但對偶工整，而且掌握了畫幅中完整豐富的構圖、色彩以及光影變化。接續兩句蟬噪與鳥鳴則是聽覺意象，對此聲響本身，詩人並未作特殊的刻畫，轉而深體充盈著大自然樂音的山林，實更予人幽靜之感；這番體驗恰切地道出山水的清幽不在於全然靜默，而是任何聲響都自然而然的與山水融成一體，益覺山野的清靈，此情此境反倒令人倍感自身的孤獨，所以，就在此時啓動了詩人思歸的念頭，歎息自身久客他鄉的運命。這首詩中的「蟬噪林逾靜，鳥鳴山更幽」是當時傳唱的名句，後世詩人也從此中學得了以動寫靜的手法。

王維〈漢江臨泛〉

楚塞三湘接，荆門九派通。江流天地外，山色有無中。郡邑浮前浦，波瀾動遠空。襄陽好風日，留醉與山翁。

這首詩以看似極爲平淡的字眼深刻地掌握漢江的地理環境及詩人泛舟的經驗，筆調虛實相間、疏密有致，形貌與氣勢並陳，甚有潑墨山水的技法。開首二句以鳥瞰的水系圖來凸顯漢江的地理位置，「楚塞」指其原屬古時楚地，南與三湘（指湘水因與不同的江水相會，而在不同的段落有瀟湘、濱湘、沅湘三名。）相接，入西塞的荊門山，則與長江的九條支脈相通，以壯觀的長江水域烘托漢江的四通八達，其地位、重要性，乃至於水源的豐沛暢通，已具現目前。三、四句則是以疏淡的筆法寫漢江的水勢予人浩瀚無邊、水氣瀰漫之感，「天地外」正是船行江上無所限界的寬闊，遠山蒼茫若隱若現，亦緣於蒸濛的水氣，這兩句採用渲染潑墨、以虛寫實的筆法，顯現出磅礴的氣勢，王維不從內寫，而是從外掌握，更能傳神。在如此滾滾滔滔的江上臨流泛舟，王維的體驗是：村落建築都彷佛在水上飄浮，洶湧的浪濤足以撼動遠空，人總是以自己的感覺作爲觀看世界的標準，當一個人身在船上所感受到的波浪顛簸較之岸邊靜觀要壯闊許多，更會有己靜物動的錯覺，王維精確地描繪出這種體會，其實未嘗不是肯定感官先於一切，乃是體會自然的不二法門。襄陽此地的風光令詩人驚歎，但這分閒情唯有晉時曾經鎮守此地、終日優游飲酒的山簡能夠體會，唯有與他共飲一杯，方知所謂陶醉之樂。

王維的自然詩以意境取勝，他的功力總在剝落表面的物理，而深入各種物情物象乃至於體驗的深層意義，往往在殊異的衆象中凝澱出普遍的質性。這首詩雖著重於捕捉漢江獨特的風貌與臨泛當下的實感，但一種潑墨山水式的畫意力透紙背，仍具現出普遍可感的江河意象。

王維〈過香積寺〉

不知香積寺，數里入雲峯。古木無人徑，深山何處鐘。泉聲咽危石，日色冷青松。薄暮空潭曲，安禪制毒龍。

這首以過訪寺廟爲主題的作品，詩人摒棄一般記遊的格式，從雲深不知處寫起，不但成功地顯現深山古刹的幽邃深渺，詩人虔敬肅穆的態度也於焉流露。開首的「不知」豈僅是不知去路，也是無由通向佛理的象喩，聳立雲端何其深幽，無人與共又何其寂寥，但迴盪深山的鐘聲卻有著指點方向安定人心的作用。前四句似乎不過寫入寺之路，但佛理玄深詩人無由進入卻仍潛心嚮往的心意已蘊蓄深厚。詩的下半首則寫入寺後的映象，是自然山水與向禪的心靈交互投射出的禪化山水，泉聲、危石、日色、青松分別是音聲、形貌、色彩、明暗的意象，這些意象獨立來看都是幾近無修飾的本然狀態，是詩人以「咽」、「冷」二字將之綰合，才渲染出寺中清冷、幽咽、僻靜的氛圍與意境，在一般的邏輯推尋下，或許會將這幅景象想像成泉水受到崎嶇不平的山石所阻滯因而發出哽咽的聲響；濃密的青松使太陽的光熱爲之冷卻，但由於詩人以倒裝句法來結合各意象間的關係，打破既定的邏輯思維，捕捉最直接的心靈映象，物與物之間沒有主從先後，彼此的組構變化無窮，卻都融成在詩人清寂僻冷的感受中。隨著日暮黃昏的降臨，幽曲的潭水更顯空靈寂靜，這一切都令人心境益趨寧和，世俗的妄念都在安坐打禪中沈澱。

王維〈酬張少府〉

晚年惟好靜，萬事不關心。自顧無長策，空知返舊林。松風吹解帶，山月照彈琴。君問窮通理，漁歌入浦深。

生命是體驗而來的，在人生的路途上人人都經歷過種種艱難的抉擇，只是有時生命的走向常常是無法用理性思維來解釋的，往往只能意會難以言傳。這首酬答友人之作有著深刻的自我表白之意，但直接道情的話語都在可解不可解之間，意象的呈現反而成爲最好的說明，換言之，他人是否理解便在於是否能有所體驗。詩的前四句中詩人自承「靜」是晚年生活品味的美感傾向，既是環境的也是心靈的，心是趨向於無所關心，身則是歸返於山林之中，這裡有著對於自身的衡量：「無長策」；以及對於外界的拒持：「不關心」，兩者交互作用才漸次形成「好靜」的品味，「空」字點出擺落一切唯任自然的純淨，「舊」則提示在時間之流裡山林是人永恆的故鄉。接續的兩句詩便是徜徉於山林間的愜意自得，在這兩句詩中王維仍以不假雕飾的語彙讓人更能貼近原味的自然，前句寫迎風的姿態，無限暢適之感，下句寫山月爲伴，讓人想起王維另有「深林人不知，明月來相照」之語，以明月爲知音正是心靈的平和與自在。末尾的兩句是針對友朋的問題回答，但是卻有著答而不答的深意，出處窮通是歷來知識分子所最關切的立身之道，賴以樹立文人的風骨、整全的人格。對於這樣一個落實在具體人生處境的生命哲學，實是難以言詮的，王維乃以一種既貼合前後詩境，又蘊涵豐富象徵意味的意象作答：漁歌隨著船的行進起落迴盪，幽遠而深邃；人生之歌也是與生命相始終的，任何領會都在於曾經走過那樣存在的時空。

杜甫〈曲江〉

其一

一片花飛減卻春，風飄萬點正愁人。且看欲盡花經眼，莫厭傷多酒入唇。
江上小堂巢翡翠，苑邊高塚臥麒麟。細推物理須行樂，何用浮名絆此身。

其二

朝回日日典春衣，每向江頭盡醉歸。酒債尋常行處有，人生七十古來稀。
穿花蛺蝶深深見，點水蜻蜓款款飛。傳語風光共流轉，暫時相賞莫相違。

杜甫的這兩首〈曲江〉詩，意蘊極為豐富，很難作一種題材的歸類，現在把它放在自然寄情中，只是見於杜甫在撫今懷往無限傷情之際，終悟欣悅之道是在當下的與物推移，讓生命與萬物相契相合，共同流轉，活在當下便是及時行樂。因而，杜甫的行樂是深契自然的脈息。

曲江是長安附近君臣都人遊憩的名勝，其地的繁華衰頹直接反映了帝國的興衰，杜甫多次旅食長安親身經歷了其地的衰榮，在詩作中抒記頗多。這首詩是杜甫於安史亂後回到長安任左拾遺時重遊此地所作，榮衰無常、感時憂國之歎潛行於一片傷春的情懷中，使傷春的時空格局與胸襟氣度都倍極遼闊，深得沉鬱頓挫之旨。由於這兩首詩雖獨立成篇，情意卻具有綿密的發展關係，自我意識亦前呼後應，故合併析論於此。

第一首詩的首聯正是脆弱無比的傷春情懷，春日之美在於萬物不斷抽芽茁壯的生生不息，百花齊放是它的高峰，但當一片落花飄零就開啓了春色漸減之端緒，已引領敏感的詩人情傷，更何況漫天的飛花予人何其殘酷的折磨？然而，「春去也！」的事實從不曾因此而遲延，人其實只能任其飄飛，只能凝視時間的遽逝，詩人巧妙地運用了兩個倒裝句來加強這份無奈。本來是「且看經眼欲盡花」，「欲盡花」就是殘花，詩人凝視著一片一片落花，感受著時光一點一滴的流逝，將「欲盡」提到前面，改變了原來的語序而形成強調的作用；下句也是一樣，一杯接著一杯的是本已傷多卻永不饜足的酒，「欲盡」是時間流逝的眞切感，「傷多」是悲情的不斷湧現，都有著情緒蔓延擴展的作用。接下去的兩句是從自然景觀轉向人文景觀，除了同樣的榮瘁無常之外，更增添了幾許人事的蒼涼。興盛時期的江邊小堂本是人聲鼎沸，而今卻成了翡翠築巢的所在，芙蓉苑旁的君臣墓塚也因年久失修而石麟倒臥，眼前的荒涼景象是個人更是家國之痛。無論是自然是人事似乎都逃不過更迭循環的「物理」，撫今追昔，徒有無盡的淒涼，只有當下目前的點滴欣悅之情才是最實際的擁有，何苦以虛浮不實的榮寵牽絆了本該自由的形軀。這兩句有著結上啓下的作用，「物理」是前文所述，「行樂」則是下首的主題，「浮榮」似乎是對難有作爲的現職沈痛寄喩，也是一生「竊比稷與契」卻無由實現的失落。第二首詩便是形軀向自然萬物的舒展，行樂的心也於此展現。

第二首詩的前四句是對「莫厭傷多酒入唇」的鋪展，詩人在曲江江頭買醉的身影是如此的淒楚孤單，頹廢沈重，每日下朝歸來杜甫顯然沒有足堪用力的朝政可辦，只是日復一日的典當春衣，在曲江江頭沉沉醉去。儘管日日典當，酒債仍如影隨行地走到哪賒欠到哪，窘迫之情不言而喻，但更窘迫的是「人生七十古來稀」，那麼，眞沒有比珍惜有限生命直體當下的豐足飽滿更爲眞切的了。沉醉酒鄉固然酣暢淋漓，但如夢似幻的酒中世界到底不同於沈醉東風的清明澄澈，心物交感的契合流動的是生命的活力，杜甫在穿梭於花叢中若隱若現的蝴蝶、緩緩低飛時而輕觸水面的蜻蜓身上，感受到春天，感受到生命，感受到美。這一剎那讓杜甫向著自然舒展，悄悄地寄語春光與蝶與蜓更與萬物，期盼共同流轉形成一個完美的循環，只要「暫時」的完足就是生命的圓滿，杜甫終究是在自然之中尋得了生命的依歸。

柳子厚〈秋曉行南谷經荒村〉

杪秋霜露重，晨起行幽谷。黃葉覆溪橋，荒村唯古木。寒花疏寂歷；幽泉微斷續。機心久已忘，何事驚麋鹿？

柳宗元是詩史上繼屈原之後最重要的騷怨詩人，終生貶謫的運命，他始終無法釋懷，寄情山水成爲心靈唯一的出路，雖然總未能臻於通達開闊之境，但無法跳脫憂怨實更眞切地呈現了詩人與外物相刃相靡的艱辛歷程，或許苦難才是最令人深感實存價値的經驗。剎那的和諧固然可敬，永恆的挺立也是令人動容的。柳宗元詩的重要特色之一是在淡泊簡古的詞語中，涵藏著曲折幽微的內蘊，令人感受到的是內外強烈的張力，淡泊往往只是壓抑的結果。

這首詩寫秋日清晨行經荒村的經歷，在從容自在的背後是如此蕭索枯寂的景象，杪秋是秋的尾巴即將入冬，清晨時分自是霜露益重，開首兩句即予人寒氣逼人之感，黃葉覆橋，荒村古木更是一幅蒼老的面容，彷彿是被世界所遺忘的角落，這時候還疏落綻放的花朵，只是令人倍增孤絕淒涼之感，泉水時斷時續的幽咽之聲，也是益增枯竭乾涸之態。荒村裡一切都是生命力衰頹的意象，「何事驚麋鹿」是一隱喻，詩人的機心已被時間消磨，與世俗爭鬥智巧的心趨於陳寂，但眞的陳寂了嗎？還是如荒村一樣只是被人遺忘的莫可奈何。

柳宗元〈漁翁〉

漁翁夜傍西巖宿，曉汲清湘燃楚竹。煙銷日出不見人，欸乃一聲山水綠。
迴看天際下中流，巖上無心雲相逐。

柳宗元曾有一首〈江雪〉：「千山鳥飛絕，萬徑人蹤滅。孤舟簑笠翁，獨釣寒江雪。」傳誦千古，意境孤峭峻拔，在無盡天地中點染一個孤獨堅毅的身軀，漁翁在此的形象也與詩人合而爲一。這首〈漁翁〉意境不同，但流貫全詩的孤寂之感也再次引人將詩人與漁翁疊合。詩的首二句寫漁人夜宿西山石岩，晨起打水生火，展開一日的生活，「清湘」「楚竹」既在點明地點（此爲柳宗元貶永州時所作，永州在今湖南省），也有美化詩句的作用，讓這些日常生活都含有品味脫俗之感。三句寫時序推移，煙霧消散太陽升起，但卻海天茫茫唯我獨航，這裡的「不見人」讓人立刻聯想起「人蹤滅」。孤獨的搖櫓聲，穿行於青山綠水間，船隻順流而下，漸行漸遠之際回首遙望天邊，只見原先的山巖上飄飛著彼此追逐嬉遊的雲朵，「無心」是詩人主觀的投射，更增一分自由自在的意味。這首詩雖不似〈江雪〉一般孤絕，但仍然充滿著獨行的況味，詩人清峭的人格在其詩的意境中充分流露。詩的七言句法雖仍遵上四下三的節奏，但上四與下三往往道不同之景，形成一種似連又斷的奇特韻律，讓讀者在掠過文字之後總又反覆推敲其意象間的相連性，而沈吟低迴不已。

歷史緬懷——尋找定位的史思

中國人是極重歷史的民族，透過對於歷史的不斷詮釋與建構，進行著當代的反省，因而，歷史的意義從來都是流動的，不同的歷史事件也在不同的時代發生著不同的效用。在抒情言志的傳統下，古人古事不但時時在詩作中現身，詠史與懷古更成為詩歌中有關歷史題材的兩大類別，「詠史」是詩人以歷史人物或事件為對象抒詠個人的觀感進而寄寓情志；「懷古」則有著緬懷古跡的意味，從而在漫長的時間之流中框限出史蹟作為空間範疇，以地域為觸媒展開歷史漫遊，抒詠情志。無論從「詠」或「懷」都可得知，這類詩作雖與所謂客觀的歷史關係密切，卻畢竟是詩人主觀意念的投影，重點既不在敍事，也不在論古；舉凡人事的懷想、史蹟的憑弔，無非是一種以史抒情的憑藉，詩人徘徊於漫長的時空隧道，反思著人類的經驗與命運，也思忖著自身的定位。

左思〈詠史〉八首選一

習習籠中鳥，舉翮觸四隅；落落窮巷士，抱影守空廬。出門無通路，枳棘塞中塗，計策棄不收，塊若枯魚池。外望無寸祿，內顧無斗儲，親戚還相蔑，朋友日夜疏。蘇秦北遊說，李斯西上書，俛仰生榮華，咄嗟復彫枯。飲河期滿腹，貴足不願餘；巢林棲一枝，可為達士模。

左思傳世的詩作甚少，但是一組八首的〈詠史〉詩，建立了以史抒懷的典型，成爲詠史題材最具代表性的開創者。左思的〈詠史〉詩充滿了個人與歷史的對話，而總以尋找個人定位、掌握出處大節爲主要的思考點，是「以史爲鑑」與「典型在夙昔」的相互推衍，濃郁的詠懷質素使歷史增添了個人的色彩，又同時有著超越時空的眞切感。

詩的前半首鉤勒出一介窮士的形象，其慷慨激烈的陳辭，予人「自道憂憤」的深刻印象，卻也同時形塑了具有普遍意義的窮士形象。首二句是籠中之鳥屢屢振翅欲飛，卻總因籠子的侷限而失敗；次二句寫離群索居的陋巷之士，只能形影相伴獨守空廬。一聯動，一聯靜，平行對照，讓人深體窮士的深居原根於環境的限制。接續則進一步刻劃窮士的處境，外出的通路滿佈荆棘，正是仕進之路的象喻，大好的謀略不獲世用，宛若枯涸之池中困阨的游魚，左思的描繪意象鮮明譬喻生動。落實在更迫切的日常生活上，則是既無俸祿，又無存糧，親朋的疏離輕蔑，除了全無依恃之外，更是益增寂寥。這些逼顯窮士困境的描寫，在在予人處境難堪的體會，但是在下半首中左思在歷史的觀照下，尋得了心安理得的慰藉，左思以蘇秦遊說各國而佩六國相印，卻不免於遇刺身亡，李斯上書秦王而貴爲丞相，卻死於二世之手，榮寵與遇害皆在頃刻之間，那麼榮華豈可倚恃？生命難道不是最可珍貴的嗎？作爲一個通達之士，當如莊子〈逍遙遊〉：「鷦鷯巢林，不過一枝；偃鼠飲河，不過滿腹。」中的鷦鷯與偃鼠，只求維繫生命的基本需要，而不求有餘，歷史人物的榮瘁無常，給了詩人堅持固窮的力量。雖然，較之「一簞食，一瓢飲，人不堪其憂，回也不改其樂」的顏淵，左思少了些自適自樂的從容，但詩人眞誠面對自我，不矯情媚俗的堅毅，仍是令人動容的。

李白〈夜泊牛渚懷古〉

牛渚西江夜，青天無片雲。登舟望秋月，空憶謝將軍。余亦能高詠，斯人不可聞。明朝挂帆席，楓葉落紛紛。

懷古詩與詠史詩最基本的差異是懷古詩皆有一個貫通古今的地點作爲緬懷的憑藉，由此生發種種感懷，或是顯現出詩人觀照歷史事件的洞見，或是投射個人情感，有著因人因事的不同風貌。李白是一位極度自戀自信的詩人，他的作品向來充滿個人色彩，即或是懷古詩也洋溢李白式的情感。這首詩原注云：「此地即謝尙聞袁宏詠史處。」據史載晉朝鎭守牛渚這個地方的謝尙，有一次在舟中聽聞袁宏諷詠所作的詠史詩，因而大爲歎賞，對之禮遇有加，這顯然是一個文人喜獲知音的故事。李白夜泊此地，首先感受到的是清朗澄澈的秋夜，登舟望月，深體四百多年前知音相會的情景，然而，對於謝將軍的追憶終究是一種莫可奈何的落空，在此失落的背後，詩人潛藏著恨無知音的遺憾，但李白卻反以自負的口吻，爲謝尚未能跨越時空得聞今日李白之作而抱憾，如此一轉，天才不可一世的自信油然而生。人生本即充滿了時空暌違的錯失，回顧歷史更憑添錯置的悵惘。回到現實，明朝又將揚帆而去，繼續未完的旅程，那時，當是落葉紛紛的楓紅殷勤相送吧！李白以一幅靜穆淒美的景致作爲全篇的結尾，人站在歷史的時空下所生發的淒然悵惘當即如此這般吧！李白不直言複雜的心緒，轉而以景結情，飄然遠去的身影，憑添幾許飄逸不群的美感。

杜甫〈蜀相〉

丞相祠堂何處尋？錦官城外柏森森。映階碧草自春色，隔葉黃鸝空好音。

三顧頻繁天下計，兩朝開濟老臣心。出師未捷身先死，長使英雄淚滿襟。

這首詩是杜甫至成都造訪諸葛武侯廟的作品。詩的首聯以問答的方式點出祠外柏樹參天的景象，也同時流露出誠心造訪一路尋來的用心。接續則寫碧草映襯階前，樹叢裡黃鸝歌聲繚繞，這原是一幅春日的美景好音，但杜甫下了「自」「空」二字，頓使綺麗春色與祠堂產生了不諧調之感，自然的美只是益顯祠廟的荒蕪與人事的悲涼。下半首則發思古之幽情，讚歎諸葛亮的功勳與人格，先寫劉備三顧茅廬商略請益天下大計的歷史，不但襯顯其倍受禮遇的治世之才，也隱約透露出諸葛亮願爲知己者鞠躬盡瘁的眞情摯性；因而下句寫先後輔佐劉備及劉禪開國濟民的赤忱，便不僅是忠貞、是義氣，更是非關道德的至情至性，讓諸葛亮竭心盡力輔佐那其實扶不起的劉阿斗，直至死而後已。自古英雄總是受限於難以跨越的歷史形勢而抱憾以終，「出師未捷身先死」正是「時命」與人的角力，時不我予的悵痛，是古今英雄心中永遠的印記。

在這首歌詠諸葛亮的作品中，杜甫的章法謹嚴，處處以烘托主人翁的功業人格爲事，但在字裡行間讀者也時時可以感受到杜甫深刻的自傷之情，唯有在歌詠諸葛亮時杜甫才足以宣洩滿腔的忠愛，唯有爲諸葛亮一掬英雄淚時，杜甫才能以開闊的史觀來超越時命相違的傷痛。

杜甫〈詠懷古跡〉五首選一

支離東北風塵際，漂泊西南天地間。三峽樓臺淹日月，五溪衣服共雲山。
羯胡事主終無賴，詞客哀時且未還。庾信平生最蕭瑟，暮年詩賦動江關。

杜甫的〈詠懷古跡〉五首是詠史懷古的經典之作，其在抒詠古跡、古事、古人之際寄寓了深沈的個人身世悲慨，為歷史抒詠的題材開拓了沈鬱頓挫的深厚。這裡選錄的是第一首，主角是庾信，主題乃圍繞著漂泊的生命歷程抒發家國之痛與鄉關之思。首聯採用兩個行雲流水的對句鉤勒出天長地遠流離漂泊的經歷，東北戰亂滿是風塵，西南苟安尚留天地，風塵僕僕南北奔波，於是杜甫大半生的寫照。次聯則寫淹留夔州的歲月，時光匆匆在三峽西閣逝去，於邊地與諸蠻共處，依據《後漢書・南蠻傳》：「武陵五溪蠻，皆槃瓠之後，槃瓠，犬也，得高辛氏少女，生六男六女，織績衣皮，好五色衣服。」杜甫用此典故來代指這段邊地生活。以上四句是杜甫概括個人離亂經歷的自述，但這種經歷自古文人實不乏其例，因而，下半首詩便藉庾信寄託更深沈的感懷，「羯胡事主」的不可信賴，既是侯景叛梁也是安祿山叛唐，兩者分別造成庾信與杜甫的流離生涯，「詞客哀時」仍自淹留，既是庾信的〈哀江南賦〉，又何嘗不是杜甫自經離亂後的篇篇歌詠。庾信度過了蕭瑟悲涼的一生，終日望鄉而不得還，換得的是晚年振動人心的詩賦成就，這一切不正也是杜甫自身的寫照嗎？但是中國文人從不只是想在文學上能有所成。

這首詩從「詠懷」的角度詮釋，不難見出杜甫寄慨於庾信生平的意義，但這首詩還是留下一個難解的「古跡」問題，因爲本詩所提到的三峽五溪非庾信的蹤跡所到，並沒有相關的古跡。不過從這首詩的整體而言，重在流落漂泊的離亂生涯，而漂泊正不只一處，詩中特言庾信，實基於深切的認同感，以之總起下面各首。這樣的〈詠懷古跡〉毋寧是來往於古今，無所限界了，也唯其如此，才得以綜攝杜甫俯仰天地的胸懷氣宇。

劉禹錫〈烏衣巷〉

朱雀橋邊野草花，烏衣巷口夕陽斜。舊時王謝堂前燕，飛入尋常百姓家。

詠史懷古的作品雖然源遠流長，但是，時至中晚唐有趨於鼎盛的情形，詩人往往在極爲短小的篇幅裡凸顯一個觀照歷史事件的焦點，予人低迴不已的衝擊。劉禹錫即是一位擅於經營江山依舊人事全非之滄桑的詩人。「烏衣巷」在江南建康府轄內，晉朝南渡時，王導、謝安等世家大族即聚居於此，「朱雀橋」亦在附近。詩的開始點出兩個醒目的地名，這兩個地名都能引起晉世興盛時期的諸多聯想，但是，伴隨這兩個地名而出的卻是紛亂雜生的「野草花」與即將隱沒的「夕陽斜」，地名所累積的華麗與今日的荒蕪衰微形成難堪的落差，這是自然景觀予人的滄桑之感。下面的兩句則是用燕子來聯繫今昔的人事，據傳王謝的故居有「來燕堂」，可見其時有燕群聚的盛況，而今這些燕子則飛入了一般平民百姓的家中，則王謝堂不再，烏衣巷的破落已不言而喻了。詩人藉著穿越時光隧道的燕子來見證這場人事的興廢，全詩只有一幕幕的景象，不直道情也不落於議論，卻有說不盡的唏噓感懷，而這不也正是榮瘁無常的世情嗎？

劉禹錫〈蜀先主廟〉

天下英雄氣，千秋尚凜然。勢分三足鼎；業復五銖錢。得相能開國，生兒不象賢。淒涼蜀故妓，來舞魏宮前。

這首造訪蜀先主廟的懷古詩，前半首自有尊題歌詠的用意，但圍繞著蜀之興就不能不有蜀之亡的慨歎，故而全首仍在詠懷興亡的主題。開首的兩句充滿了帝王英雄的氣勢，寫的是那個風起雲湧英雄爭霸的時代，既尊先主亦所以歌詠時勢造英雄的世局，寫下了千秋凜然的歷史。三、四句則集中寫先主的功業在於確立了魏蜀吳鼎足而三的天下大勢，讓漢朝的命脈得以復興：由於「五銖錢」是漢武帝所鑄，故用來象徵漢室的興復，用典既確，與前「三足鼎」的對偶也非常工巧。然而，創業維艱，守成不易，先主因得諸葛亮爲相，而能開國立基，有劉禪爲後主，卻無法紹述先人之志，簡單的兩句詩含括了延續帝國命脈最重要的條件。末尾的兩句則結以一幅淒涼的亡國圖。這幅圖畫是將歷史的記載形象化，來凸顯亡國的悲涼並寄寓深刻的諷諭作用，依據《漢晉春秋》：「司馬文王與禪宴，爲之作故蜀技，旁人皆爲之感愴，而禪喜笑自若。」蜀漢降晉，一切任憑司馬氏擺佈，司馬氏安排具有蜀地風格的表演，表面上是以客爲尊，實則是宣示主權，具有示威的意圖，在坐的蜀官身歷此境皆難掩亡國之痛，然而，亡國之君劉禪卻毫無所感，嬉笑自若，其之昏昧無能，不由得不令人扼腕。詩人以無限悲涼的場景，寄喻對亡國之君嚴厲的諷刺，筆法犀利。

李賀〈金銅仙人辭漢歌〉

序：魏明帝青龍九年八月，詔宮官牽車西取漢孝武捧露盤仙人，欲立置殿前。宮官既拆盤，仙人臨載，乃潸然淚下，唐諸王孫李長吉乃作金銅仙人辭漢歌。

茂陵劉郎秋風客，夜聞馬嘶曉無跡。畫欄桂樹懸秋香，三十六宮土花碧。
魏官牽車指千里，東關酸風射眸子。空將漢月出宮門，憶君清淚如鉛水。
衰蘭送客咸陽道，天若有情天亦老。攜盤獨出月荒涼，渭城已遠波聲小。

李賀是中國詩壇上以想像奇詭著稱的詩人，這首詩的題材原是一歷史事件，李賀不但增添了絢麗的情節，同時採用「金銅仙人」作爲抒情敘事的觀點，營造出迥異於一般詠史懷古之作的情味。李賀在這首詩前的「序」中說明寫作動機，論及此一歷史故事的原委：魏明帝青龍年間詔命宮中之臣牽車前往霸城，拆取漢武帝所立的捧露盤仙人，欲立於魏的宮殿前。然而，當魏官拆盤將載仙人遠去時，仙人竟潸然淚下。李賀有感於此，因作此詩。

這首詩牽涉三個重要的時空點，一是李賀身處的當下，一是魏官牽車的時刻，另一則是武帝劉徹的時代，而以第二個時空點爲樞紐。詩的開首經營的是魏官進入漢代故宮時的場景，李賀從武帝葬地茂陵開始，想像武帝魂魄徘徊故宮，出沒無跡的景象，秋風既是此刻時序，也指武帝傳世的代表作〈秋風辭〉，「客」字淒楚的道出江山易主，主客易位的悲涼。接續則寫故宮雕欄畫棟、離宮別館雖在，桂樹飄春，青苔滿地，卻益添秋日荒涼蕭索之感。這是以漢武帝爲中心的描寫，但又充滿了時移事往的淒迷，一介英主化作無力再堅持護衛任何事物的鬼魂。接著即是點染出發時的情節，踏上千里路程的金銅仙人一出長安東門即感受到酸風刺眼，唯一隨行作伴的只是曾經照臨漢朝天下的月亮，依依不捨、眷戀漢君的淚水潸然而下，李賀以「鉛水」比仙人的眼淚，一方面是爲了合於銅人的金屬材質，更有著沈重逾恆的喩意，和前句的「酸風」都是將心理的反映轉化成物象的奇詭之想。相隨的只有明月，相送的只有道旁衰朽的蘭草，這些仙人、鬼魂的離別，觸動的豈僅是平凡的人類，如果上天有情必然也是淒楚感傷，無法冷眼看待古今興亡的滄桑，那麼，也將會如人一般老去吧！「天若有情天亦老」成爲流傳千古的名句，不僅在於它正面強調了那分天人共感的情事，更在於它歸結出「情感」是一切生命輪轉，由青春到衰老，由生至死的關鍵，人要永恆必得超越情感這一關，但這又如何可能？那麼「有情」便是人類永遠的擔負，只能承受。此時，金銅仙人已獨自攜盤而出，月色如此荒涼，長安渭水的波聲已漸行漸渺。

詩的取材雖是歷史事件，主題亦不外興亡之感，但李賀擅於幻設情節，不依人事，反從仙鬼入想，其特有的詭譎視鏡與悲觀的情感取向，在在顯示出詩人感受歷史的獨特方式。

杜牧〈赤壁〉

折戟沉沙鐵未銷，自將磨洗認前朝。東風不與周郎便，銅雀春深鎖二喬。

「赤壁之戰」是周瑜大破曹軍為孫吳奠定霸業，並確立三國鼎立之局的關鍵性戰役，而其中最重要的戰略即是周瑜用黃蓋之策，藉風向之助焚毀曹軍首尾相接的船艦。自古詩人歌詠此役的詩文甚多，杜牧僅以四句囊括自身對此一歷史性戰役的觀點，首先便是要摒棄敍述史事的方式，而直接凸顯個人的視角，但作為懷古詩，如何引起思古之幽情營造氛圍仍是非常重要的。詩的開首兩句便是用出土的兵器作爲詩人跌入時光隧道的媒介，聯合了唐代與三國的時空，過去戰役中折斷的長戟只是沈埋土中並未銷蝕，經過磨洗得以辨識出是前朝遺物。這番牽引讓詩人回到赤壁之戰的現場，周瑜的獲勝並非以軍力而是以智巧，但巧技得逞又依憑東風相助，杜牧不禁設想當時如果風向與周瑜作梗，那麼一切都將改觀，曹操所築的銅雀臺，將會深鎖著孫策、周瑜二人的愛妻大喬小喬。杜牧觀照史事的觀點有兩個特點，首先是將英雄成敗國家興亡淡化成一種偶然的僥倖，至於社稷不保的結果，則只用愛妾易主作總攝，不談天下大勢，不言英雄末路，只談無法參與卻承擔後果、任人擺佈的女性處境，當年孫周二人得娶二喬即是得利於攻皖之役，雖傳爲英雄美人的佳話，但對於二喬而言畢竟是離亂命運的偶然結果。杜牧不再禮讚虛無的英雄主義，深刻關切英雄之外的生命，向運命質詰，觀點新穎而銳利。

杜牧〈泊秦淮〉

煙籠寒水月籠沙，夜泊秦淮近酒家。商女不知亡國恨，隔江猶唱後庭花。

秦淮河是流經今南京市的河川，而南京市是南朝各代的京城所在，因而停泊秦淮河畔，自然生發南朝興亡之慨。詩作開始的時間點是詩人靠岸的現在，河上煙霧繚繞，月映沙白，一片淒清迷濛的夜裡，船隻夜泊在秦淮河畔鄰近酒家旁。聽到對岸悠悠傳來〈後庭花〉的歌聲，〈後庭花〉是南朝陳後主與臣子狎樂時所創作的豔曲，不但是靡靡之音，更被視爲是亡國之徵，不管如是歸罪是否合理，這首曲子都已成爲具有象徵意味的符碼。陳的滅亡隨著歌聲來到眼前，至於此時此地聽唱此曲，又將引發怎樣的政治聯想，詩人說歌者是無心的，因爲她不解亡國之恨，但「猶唱」之語似乎有著「不該而偏又」的意味，歌者無心聽者卻不能無意，歌聲深深地觸動了詩人對當前政局的憂慮，唯恐一曲成讖吧！至於是誰沉溺酒家點唱這首曲子，觀微知著，整體的世風已不在話下了，詩人恐也喻有深刻的諷意吧！

李義山〈賈生〉

宣室求賢訪逐臣，賈生才調更無倫。可憐夜半虛前席，不問蒼生問鬼神。

賈生指的是西漢時的才士賈誼，文帝時召爲博士，欲任以公卿之位，卻遭到反對，乃貶爲長沙王太傅，後又被召回，此詩所記的即是被召回後的一段故事。依據史記的記載，賈誼在宣室（未央前殿正室）再獲徵見時，文帝問其鬼神之本，「賈生具道所以然之狀」，文帝聽得入神，夜半，不自禁地向前挪動了位置。詩的前半說文帝求才訪賢的殷切，而賈生無與倫比的才具便成爲進入宣室與皇帝晤談的不二人選。然而可憐的是讓皇帝夜半全神貫注的話題，竟然不是攸關天下蒼生之事，而是飄渺難測的鬼神之說。這首詩雖然僅有短短的四句，卻有著頓挫轉折的千鈞之力，不但諷刺了爲君者不以生靈爲念的昏昧，更道出了傳統知識分子的共同處境，充滿了時命相違的無奈。

李義山〈籌筆驛〉

猿鳥猶疑畏簡書；風雲常為護儲胥。徒令上將揮神筆，終見降王走傳車。
管樂有才真不忝；關張無命欲何如？他年錦里經祠廟，梁父吟成恨有餘。

籌筆驛在今四川廣元縣，相傳三國時代諸葛亮出師曾在此駐軍籌劃，因此這首詩便是以諸葛亮一生爲蜀漢運籌帷幄爲主題。詩的首聯便在烘托諸葛亮掌握軍中決策的威嚴神武，「簡書」是軍中法令，「儲胥」是軍營之柵籬，首句寫營中軍令如山，猿鳥猶望而生畏；天地風雲也總是守護著這片營地，時間從過去貫穿到現在，「籌筆驛」千百年來都是人獸畏懼，神明護衛之所，對於諸葛亮可謂推崇備至。但三四句既承又轉，有著陡落之勢，徒然有如此英明的將領揮筆籌劃，最終，仍不免落得後主乘驛車離蜀的敗亡，興亡成敗從來就不是一人的睿智所能決定的，諸葛亮曾自比管仲、樂毅，他的才華誠然無愧二人，但其時義勇無雙的關羽、張飛已先戰死，失去關張的輔佐又能何如？詩人為諸葛亮惋惜，也為所有才命相妨者歎，昔年李商隱曾謁武侯朝，並作有〈武侯廟古柏〉一詩，當時弔古傷今的餘恨與此刻之所感正同，〈梁父吟〉原是一首悲涼慷慨的挽歌，是諸葛亮最愛吟詠的作品，並以之表達個人的政治感慨，在這裡李商隱更是以之作為諸葛亮以來才命相妨者的悲歌。

同是歌詠諸葛亮的作品可以和前面杜甫〈蜀相〉作比較。杜甫寫得蘊藉，李商隱寫得透徹。

自我追尋——自我實現的探索

人生在世最基本的願望就是實現自我，但每一個自我都是獨一無二的，人不能複製別人的生命作爲自己的人生，而是必須透過自我與外界不斷的折衝對話才能逐漸形成自己的價值觀，建立自己的人生。因而，自我實現是一段追尋自我的過程，人總是依據當下的認知建構理想，但理想與現實往往會產生落差，人就在不斷碰撞中或是修正理想，或是修正自己，或是改變觀看世界的角度，以獲致和諧的人生，進而完成自我的實現。不過，這是就結果而言，事實上，人生是持續推進的過程，詩歌尤其展現了生命中種種想望、挫折、幻滅、反思的當下經驗，也即是追尋自我的具體寫照，因而，嚴格說來以呈顯自我爲目的的詩都是自我實現的一段顯影。但是，爲了突出詩人們終極的生命關懷及一生志業的追求，在這個單元裡，我們將集焦於傳統知識分子的生命困境以及各人不同的體驗方式。

曹操〈短歌行〉

對酒當歌，人生幾何？譬如朝露，去日苦多。慨當以慷，憂思難忘。何以解憂？惟有杜康。青青子衿，悠悠我心。但為君故，沈吟至今。呦呦鹿鳴，食野之苹。我有嘉賓，鼓瑟吹笙。明明如月，何時可掇？憂從中來，不可斷絕。越陌度阡，枉用相存。契闊談讌，心念舊恩。月明星稀，烏鵲南飛。繞樹三匝，何枝可依？山不厭高，海不厭深。周公吐哺，天下歸心。

曹操不但是一位著名的歷史人物，同時也是小說、戲曲中的熱門角色，隨著不同的形象塑造，曹操一直引起是英雄或是梟雄的評價爭議，撇開這些他人的論斷不談，在此我們儘可直接從曹操的自我抒發中讀取他的心境，體會另一個面向的曹操。

這首詩是曹操最重要的代表作，堪稱《詩經》以來最佳的四言詩作，在其中我們看到詩人如何將求才若渴的心意和個人生命的實現緊密聯繫，使政治抱負的完成根基於旺盛的生命力，而益顯激昂慷慨、忠誠耿耿。詩的開首八句是一段受時間促迫而憂思難任的自我抒發，「對酒」是人生偶得舒放，親近自我的時刻，微吟低唱便有著傾吐心懷之意，此時浮現腦海的是「人生到底是什麼？」曹操給了一個悲觀的答案，人生如晨露般瞬間消逝，逝去的日子有增無減；感受到生命如此侷促，不禁滿懷不平之氣而憂思不已，只有酒能夠暫解憂愁（相傳杜康是發明造酒的人，故以之代指酒）。這一段以酒始以酒結，呈現出詩人憂思循環無法開解的鬱悶。第二段的八句用了兩組《詩經》的原句，「青青子衿，悠悠我心」表達一種極端思念的心情，令人至今仍沈吟不已；「呦呦鹿鳴，食野之苹。我有嘉賓，鼓瑟吹笙」則是渴望宴請嘉賓，這裡採用《詩經》的原句予人鄭重而情深之感，詩人之憂也漸露端緒。第三段的八句，先以明月高掛不知何時可摘暗喻求才的理想不知何日可成，相隨而至的憂愁深置心中難以斷絕。接下去則是如夢似幻地想像才士們度越阡陌，屈駕存問，歡聚暢談，重溫往日情誼。至此，詩人對於賢士友朋來歸的想望，已蘊蓄至最高點。然而，接續四句月夜孤寂、烏鵲無依的情景，又使情緒冷卻下來，畢竟，才士們仍無所依託，曹操也依然志不獲騁。最後四句詩人展現了宰輔之臣的氣魄，以山海的高深寄喻自身願學周公一飯三吐哺的忠懇謀國，俾使天下歸於一統。曹操的雄心壯志在這篇詩作展露無遺，但在抒情的調子中，野心化作一種生命力，自我實現的願望成爲最爲動人的力量。

阮籍〈詠懷〉其一

夜中不能寐，起坐彈鳴琴。薄帷鑒明月，清風吹我襟。孤鴻號外野，翔鳥鳴北林。徘徊將何見？憂思獨傷心。

自我實現雖是人生的終極完成，但是在與現實相刃相靡之際，自我實歷經種種變形扭曲，而陷於苦悶鬱抑的情結之中，就詩歌的抒情本質而言，這類作品遠比慷慨陳辭直言抱負之作更多，阮籍八十幾首的〈詠懷〉詩都可作爲在困阨的處境中探尋自我的寫照，此處所選的第一首呈顯著綜攝人生苦悶心緒的意境，可爲代表。詩的開首兩句就蘊蓄了一股莫名所以的壓迫感，鬱悶縈心無法成眠，而不得不撫琴消憂。環顧室內，薄幔映照著月光，清風吹撫著衣襟。遠處聽到的是孤鴻、翔鳥在林野的鳴叫。在靜夜中，這一切由裡到外透過各種視、聽、觸的感官所能感知到的都是益增淒清孤寂之感的意象，「徘徊將何見」更是具現身處黑夜的盲然與茫然，將詩人內在的矛盾猶疑作了最鮮明的外現，而這一切憂思只有自己知道，也只能獨自承受。

阮籍身處魏室衰微，司馬氏總攬大權的時代，知識份子的處境非常危殆，既恐稍有不慎即罹謗遭禍，又有著自我在道德、政治上的堅持所累積的對現實世界的不滿。在此無力改變又進退維谷的時代，阮籍選擇了與司馬氏虛與委蛇周旋到底的生存策略，雖然從蓋棺論定的歷史角度言，阮籍成功地在名節與生命兩者之間取得了難能可貴的平衡，但以個體生命言，這就是一段自我極度扭曲與壓抑的歷程。詩人在每一個當下都得步步爲營，然而，對於未來卻既不能規劃更沒有把握。這首詩並沒有述說任何客觀現實，這也正是阮籍作品一向採取的隱避手法，但詩人卻以意境呈現了心靈的處境，具現其「窮途末路」的生命之嗟，儘管，每一個人都有不同的人生困境，但阮籍詩作中所精鍊出的無限迷惘、近乎絕望的存在感受，卻能昇華成一種具有普遍意味的質素，敲擊著傳統知識分子的心田。

左思〈詠史〉其一

弱冠弄柔翰，卓犖觀群書。著論準過秦，作賦擬子虛。邊城苦鳴鏑，羽檄飛京都。雖非甲胄士，疇昔覽穰苴。長嘯激清風，志若無東吳。鉛刀貴一割，夢想騁良圖。左眄澄江湘，右盼定羌胡。功成不受爵，長揖歸田廬。

左思的〈詠史〉組詩，是一系列藉史抒懷的作品，這裡所選的第一首，很有序曲的意味，展現了詩人修養自身、參照歷史、配合時代的具體生涯規劃，也即是詩人自我實現的理想，在其中讀者可以感受到詩人編織夢想的熱情。詩的開首從學而有成的二十歲說起，分別就書寫、閱讀、議論、文采各方面呈顯自身文才的精博，並以賈誼和司馬相如最著名的篇章作爲參照的標準。接續的四句則是結合了國家邊患頻仍的處境說明自身雖非戰士出身，但是對於戰略兵法則是素有研究，並以春秋時代的司馬穰苴兵法爲證。詩的前半便是以展現個人努力充實的文才武略爲主題，詩人的自信自負已清晰可見。詩的下半首則是將己之所長落實於現實情境的藍圖，詩人用「長嘯激清風」的豪邁氣勢刻劃理想在心中所激起的壯志，並針對晉朝的外敵東吳與戎狄，表明自己願戮力爲國靖邊的抱負。其中「鉛刀貴一割」在自謙之中更有著實現自我的急切想望，畢竟，鉛刀雖鈍，總須有一割之用才能成其爲刀，詩人有再好的文武之才，也必須有施用的機會才得以落實。左思在此階段掌握到的自我實現是建立於自我與環境的互動關係中，雖然不免出於外鑠，但詩人爲國立功的理想卻並非建立在封官受爵的利益上，在詩人的生涯規劃裡還包含了謝官歸隱的自我安頓。這確實是一幅相當完整，既有入世之功，又有出塵之清的人生藍圖，然而，正如詩中自承的這只是「夢想」階段，冀望雖殷卻無法抵抗現實的磨難，左思以一介寒士身處於門閥觀念最爲嚴峻的晉朝，終至一生志不獲展，在〈詠史詩〉的後續之作中，左思一方面痛陳社會的不公，另一方面也一步一步地將投射於外界的理想收回到自我之中，終於展現出

「振衣千仞岡，濯足萬里流」的高蹈氣節，放棄了建功立業的理想，卻不妨調整自我仍以「長揖歸田廬」而終。

陶淵明〈飲酒〉其三

清晨聞叩門，倒裳往自開。問子為誰歟，田父有好懷。壺漿遠見候，疑我與時乖。「襤縷茅簷下，未足為高栖。一世皆尚同，願君汩其泥。」深感父老言，稟氣寡所諧，紆轡誠可學，違己詎非迷！且共歡此飲，吾駕不可回。

這首詩的主旨在於表達詩人不再出仕的決心，這樣的主題在詩作中常常會流於自說自話的論述，但陶淵明以設問的情節結構來呈顯，淡化了議論，並於問答之際流露出眞摯懇切的情感。詩的開首六句便是一片素樸的鄰里存問之情，清晨叩門是造訪者的隨性而往，省卻了世俗的客套；倒裳往開是主人的急切相迎，不及整裝修飾。答問之間，田父提酒相候的盛情與開門見山的質疑，都讓詩人感受到眞誠直率的善意，田父的著眼點完全基於對詩人貧困處境的憐恤，讀書人雖有出處大節的顧慮，但躬耕的艱苦實非讀書人隱居的最佳選擇，而今舉世之人都以同塵爲是，詩人又何妨混濁其間與世推移，以免於自苦。田父從生活情境所作的考量與建議，體恤之情令陶淵明深深感念。然而，人生的抉擇畢竟要以自身的稟性爲依憑，違己從俗只是迷惘虛妄的人生；詩人以駕車爲喻，表明迴車改道並非難事，但背離本性才是眞正的迷而不返！因而：「我的車駕是不可能再回頭了！」在此我們清晰地讀出陶淵明所堅持的自我實現是基於適性與自在。詩人雖然以堅定的態度謝絕了田父的建議，卻在歡飲之中充分的領受了那分至情至意。人與人之間眞誠的溝通並不基於相同的意見，而是基於關懷、體諒與尊重，以互信互愛爲基礎，每一個「自我」才有實現的空間。

鮑照〈擬行路難〉其六

對案不能食，拔劍擊柱長歎息。丈夫生世會幾時？安能蹀躞垂羽翼？棄置罷官去，還家自休息，朝出與親辭，暮還在親側。弄兒床前戲，看婦機中織。自古聖賢盡貧賤，何況我輩孤且直。

鮑照出身寒微，身處南朝的劉宋時期，由於劉宋政權亦是由寒族起家，所以鮑照仍能依憑才學獲得任用，但猜忌頻仍詭譎多變的政局，還是充滿險惡，鮑照一生與劉宋的治亂相始終，他的作品中也充斥著積極進取與畏險退縮的矛盾，兩者間的落差以及其寒族的背景，形成其作品中特有的激憤之情。

〈行路難〉原是樂府曲辭，鮑照的〈擬行路難〉共有十八首，旨在詠歎世路多艱，抒發憂憤，這裡所選的是第六首，呈現的是詩人志不獲騁，貧賤終身的憂患與不平。詩的一開始便被一股極度痛苦壓抑的情緒所籠罩，對案不食緣於心內的鬱結，拔劍擊柱更是暴力渲洩，抑鬱傷痛之深重，都化作聲聲的歎息。接續的兩句便是痛苦的根源：急欲在有限的生命中建功立業，實現自我。詩人連續採用兩個問句表現出更爲迫促的節奏，年華催人，人生在世不過數十寒暑怎能收斂羽翼徘徊不前呢？至此，詩人的激憤不平、不甘退卻的心意展露無遺。然而，下半首詩描繪的卻是辭官歸家的情景，重拾朝出暮還，夫妻團聚，事親戲兒的天倫之樂。此一轉折並沒有傳達出隱居生活應有的自在悠閒，反而在突兀之中益顯詩人無可奈何的情愫。最後，以自古聖賢俱貧賤，對照自身難以見容於官場的孤寒與耿介，呈現出理性反省後的自我開解。但從全詩的語氣看來，貫穿其中的始終是憤然的不平之氣，詩人仍處於理想與現實的巨大鴻溝中，難以尋得安頓自己的平衡點。

張九齡〈感遇〉之一

蘭葉春葳蕤，桂華秋皎潔。欣欣此生意，自爾為佳節。誰知林棲者，聞風坐相悅。草木有本心，何求美人折？

「學而優則仕」是中國文人自古以來的理想，也是一種文化的宿命，但是將自我向充滿結構限制的政壇投射，其實現的可能便充滿了偶然性，遇與不遇既無法操之在我，理想政治的施行更是不斷受到現實政治體制的挑戰；「隱」的概念便是相對「仕」而提出，但是歷史告訴我們，隱的型態何其多元，文學更告訴我們，隱的心態也是人人各異，就自我實現的角度來看，重要的轉折應該是如何將外恃的價值觀轉化成內發的自我價值，才能在仕與隱的抉擇中都能適性自在，因而，我們認爲「隱」之所以可貴並不僅在於對現實政治的抗議，而是在於能夠回向自我堅持自身的價值判斷。當然文學的價值從來不該是道德的，詩人無法擺脫外鑠的價值判斷而產生的種種苦悶心緒與激憤情感，往往最易引發讀者感同身受的共鳴。然而，不可否認的，透徹通達的人生觀照也足以造成醍醐灌頂的作用，從而帶來昇華的可能，如果從這個角度來看，張九齡的這首〈感遇〉詩便是一種價值內塑的自我影像，其意念本來頗爲抽象，但藉著具體的意象呈現，便顯得親切可感。

自陳子昂到張九齡一系列的〈感遇〉詩作，乃是繼承阮籍〈詠懷〉詩的傳統，以興諭之法抒懷，而〈感遇〉的題意則似乎更在彰顯自我與外在情境的種種辯證關係，其中包含了宇宙自然、政情人事，也含括了不同自我間的爭戰，可視爲詩人探索自我的軌跡。這首〈感遇〉詩以植物作爲興諭的題材，寄寓價值自主的必然與可貴。詩的開首便呈現出蘭葉與桂花繽紛與素淨各得其所的自然之美，而最使它們生機盎然的節候也自有春秋的不同，這一切似乎都在啓示我們，萬物生而不同，各有生機，生命的花朵自會在蘊蓄了各種條件後綻放，而這分美好也只是向自身開展的。詩的下半首則相對呈現人爲價值的干擾，蜂擁而至的賞花人，原是基於讚賞與肯定，然而隨著外加價值而來的卻是進一步的掠奪與傷害，「草木有本心」與前面的「自爾爲佳節」相互呼應，「誰知」、「何求」更有著不假他求的自持。

這樣的一首詩實在堪稱興寄多端，容許多層面的反省抒發。就人和大自然的關係而言，物物皆有其本，人實在沒有權力自以爲是的對自然進行掠取，這樣的觀點放在今日的世界猶覺醒目。再就自我追尋的歷程言，如何眞正完成自我的價值觀，既不隨波逐流，也不在掌聲中迷失，如此才能掙脫遇與不遇的困擾，隨遇而安。張九齡一生的仕宦生涯，既曾位至宰輔，也曾被讒引退，在起落之間，張九齡所表現的政治家風範與修養，不但載之史傳，更在其詩作中流洩無遺。

李白〈將進酒〉

君不見黃河之水天上來，奔流到海不復回。君不見高堂明鏡悲白髮，朝如青絲暮成雪。人生得意須盡歡，莫使金樽空對月。天生我材必有用，千金散盡還復來。烹羊宰牛且為樂，會須一飲三百杯。岑夫子，丹丘生，將進酒，君莫停。與君歌一曲，請君為我傾耳聽。鐘鼓饌玉不足貴，但願長醉不用醒。古來聖賢皆寂寞，唯有飲者留其名。陳王昔時宴平樂，斗酒十千恣歡謔。主人何為言少錢？徑須沽取對君酌。五花馬，千金裘，呼兒將出換美酒，與爾同銷萬古愁。

李白最爲世人所熟知的封號即是「謫仙」，這在當時是爲了稱美其無與倫比的天才，然而，此封號也適正成為其一生的寫照——仙的本質卻謫限在人的境遇中，可以說是人生理想與社會現實的荒謬錯置與無盡的糾葛。李白的仙才表現在他過人的想像力上，這不僅呈顯在其作品上，更飛揚在其生涯的規劃上。他期待集各種美好的生命形態於一生，早年入山學道，學擊劍，好任俠，瞧不起手無縛雞之力的儒生，但對於儒家經世濟民建功立業的理想卻是衷心嚮往；只是，自負過人的才智，期待的是非經正式管道的特殊禮遇，如戰國策士般談笑用兵凸顯出高度的政治智慧，這本身即不免違背了大唐一統的制度。更且，除了建功立業之外，李白還冀望能有功成身退的清高，用「功成拂衣去」來證明自身非貪圖爵位利祿之人，並可同時再創另一種隱居生涯，進而達到深山修鍊、羽化登仙的最後想望。姑不論成仙是如何遙不可及的理想，單單只是要同時融合前述種種基於不同價值而具顯出的人生情態於一身，就必然會存在著許多待解的困難與衝突。更何況，任何一種價值的實現都受到外在時空情境的限制，有其時與命的問題，但是，李白從來不協調在他理念中可能存在的矛盾，從不肯屈服於外在的情勢與現實妥協。他那直觀式的人生美學，充滿了他人導向的價值觀，也毫無修正個人理想的空間，以致李白到臨死都未放棄追求現世的功業，就遑論功成身退的瀟灑身段與歸隱山林的清心適意了。而李白對於仙界的希冀既是對於俗世的不耐，卻也正是對於人世的依戀；人世的一切總無法符應李白的內在渴求，從而形構出無所不在的時空壓迫感，終其一生都難以跨越人生有窮的悲情。一連串不可解的矛盾衝突所形成的情緒波動，使其作品充滿了激烈的情感、奔騰的氣勢；超絕的想像力與藝術的直觀又使其作品格局開闊，意象奇詭；李白的作品就如他的人一般，在最巨大的矛盾不安中閃耀出最眩目的光彩。

這首膾炙人口的作品原屬樂府古題，顧名思義，不外乎是一首群聚酣飲勸酒助興的歌曲，然而，天才李白卻能藉著酒酣耳熱的激揚，噴薄出豪縱跌宕的情緒，句句是尊題勸酒的醉言醉語，也句句是人生不遇的悲歌。呈現出的是最爲激烈悲壯的自我追尋。

詩的開篇是兩組排句，用樂府慣有的呼喚口吻，引領人們進入無限遼闊的時空視野，將黃河水流的線條由橫線轉而爲縱線，由天而降積蓄了滾滾滔滔奔流到海的氣勢，在這幅圖象中，不但空間視野因而無限延伸，也成功的將空間意象轉換成時間意象，如逝年華，竟是以狂瀉的方式在流失著，一去不返。因而，下一組排句便誇張地將生命縮小在朝暮之中，無限悲懷盡在以部分代全體的髮絲之上。在這「想落天外」的奇詭視域裡，讀者很自然地受到感染而進入李白式的時空悲情裡。然而，就在讀者仍震懾不已之際，李白又以無比的自信撥雲見日，接續的四句中，瀟灑的道出及時行樂的人生態度，「人生得意須盡歡」令人宛若見到意氣風發的李白，「天生我材必有用」更不知激勵了千古多少人心；然而，李白天賦異稟、自信滿滿固不在話下，但是，何謂「得意」呢？李白的得意就是這樣美酒佳餚狂歡一場嗎？或許，就是在此豪語的背後讓人窺見了李白得意與失意的弔詭，得意的面容疊現的也正是失意的底色，只是，李白無與倫比的自信自負將原本無法揉合的調子銷鎔成最為激揚的生命力。在連續的四個三字句，詩的節奏加快，顯現出勸酒的熱烈場面，酒酣耳熱之際，李白解除了一切的束縛，更是縱情高歌吐訴心事。首先，李白否定了美樂與佳餚，而以長醉不醒作為痛飲的最終期盼；所持的理由竟是：自古聖賢皆寂寞，只有飲者得以留名，並舉曹植名都篇：「我歸宴平樂，美酒斗十千」為例，驗證宴飲的流芳百世。千古留名本是傳統文人實現自我的指標，李白祭出如此冠冕堂皇的訴求，自然為酣飲找到無可取代的崇高地位。故而，以下李白便以喧賓奪主的狂放姿態，竟然支使著主人典當一切值錢之物換取美酒，著實將勸酒的題旨發揮得淋漓盡致，只是一番豪情縱飲之後愁緒似乎不曾灰飛煙滅，反而以更巨大的能量積蓄在篇末，「萬古愁」不但與篇首的愁緒形成一個循環，同時，也是一個千年不解的結。如此悲情的結尾，其實，早在李白宣稱「但願長醉不用醒」時已透露出只求麻醉與遺忘；擺落聖賢轉而肯定飲者留名，更顯示出無從正面肯定人生的虛幻。種種基於理想與現實的巨大落差所碰撞出的憤激與鬱怒，一方面，使全篇充滿了震撼人心的氣勢與力量，另一方面，在豪情縱恣的背後也不免充滿了否定與虛無。

李白〈宣州謝朓樓餞別校書叔雲〉

棄我去者昨日之日不可留；亂我心者今日之日多煩憂。長風萬里送秋雁，對此可以酣高樓。蓬萊文章建安骨，中間小謝又清發。俱懷逸興壯思飛，

欲上青天覽明月。抽刀斷水水更流，舉杯銷愁愁更愁。人生在世不稱意，
明朝散髮弄扁舟。

這首詩是李白爲餞別朋友而寫，但一如李白慣有的作風，他的心思意念完全無法從自憐自戀的情愫移開。開首便是凌空飛來的兩個長句，呈顯著自我與時間的關係，「昨日之日」是每一個昨天所累積成的「過去」，「今日之日」是每一個現在當下，相對於昨日，指向的便是無窮盡的由今日所能感知的「未來」，「過去」的質性是拋擲人去、無可挽留；「未來」則是紛亂人心、徒增煩憂。站在線性的時間之流上，李白無論是回首與前瞻都充滿了憤激與悲情，其內在鬱結的深厚，蘊蓄了一觸即發的氣勢，令人屏息以待。但接續的兩句李白並未立刻引爆，而是藉著登高眺遠，迎風酣飲，使長久積累的抑鬱獲得某種程度的舒展，並以「送秋雁」寄寓送別的旨意。「蓬萊」本指東漢藏書的東觀，由於餞別的友人官爲校書，故以「蓬萊文章」代指其文采，並媲美建安風骨；「小謝」則是指齊代的山水詩人謝朓，曾做過宣城太守，是李白極爲推崇的前代詩人，曾有詩云：

「解道澄江淨如練，令人常憶謝玄暉。」晚年更是選擇宣城青山爲定居之所，因而，這句詩一方面是此刻由餞別場所生發的聯想，另一方面也在以小謝清新俊發的詩風自比。此時，無論是送者與行者於酒酣高樓之際，內心都被激越起一股豪情逸興，神思飛揚、縱情馳騁，飄逸到青天之上與明月爲伍；至此，詩的脈動似乎將篇首的抑鬱一掃而空，一派天眞浪漫的神采。然而，就當讀者與作者俱魂神飛揚於如癡如醉的想像世界時，李白卻又陡落到人間，寫下傳頌千古的名句，用水的纏綿流衍不可斷絕，來狀貌人生的愁緒永無止盡；以酒消憂只是徒增夢幻與現實世界的落差，令人更加無力負荷。最後，李白用「人生在世不稱意」綜括一生荒謬錯置的悲懷，是非得失或許很難定論，但可以肯定的是，人生竟是由「不稱意」所積聚，悵惘之餘，李白寧願追隨范蠡（曾輔佐越王勾踐復國）的腳步，辭謝一切爵祿，獨乘一葉扁舟歸隱於五湖四海。如前所述，歸隱本身即是李白生涯規劃的一個部分，只是，前題是得先完成一番轟轟烈烈的功業，因而，在不稱意的現實世界，李白雖屢發豪語，卻終究無法眞正割捨。在這篇送別友人的作品中，充盈的盡是李白自憐自戀，終生不解的愁緒。

杜甫〈自京赴奉先縣詠懷五百字〉（節錄）

杜陵有布衣，老大意轉拙。許身一何愚！竊比稷與契。居然成濩落，白首甘契闊。蓋棺事則已，此志常覬豁。窮年憂黎元，歎息腸內熱。取笑同學翁，浩歌彌激烈。非無江海志，瀟灑送日月。生逢堯舜君，不忍便永訣。當今廊廟具，構廈豈云缺。葵藿傾太陽，物性固難奪。顧惟螻蟻輩，但自求其穴；胡為慕大鯨，輒擬偃溟渤？以茲誤生理，獨恥事干謁。兀兀遂至今，忍為塵埃沒。終愧巢與由，未能易其節。沉飲聊自適，放歌破愁絕。

杜甫是中國詩歌史上的「詩史」，更被尊爲「詩聖」，自宋代開始建立其無與倫比，不可動搖的地位，是詩歌史上粹然的淳儒，也是集大成與開新局的作手，結合著對於家國的摯愛與文字意象的功力，撼動著其後無數讀者的心靈。如果說，在大部分的作品中我們往往只能看到某個面向或情境中的杜甫，對於其何以如此情眞意摯、忠愛不渝的心路歷程，難以有整全的掌握，那麼，在〈自京赴奉先縣詠懷五百字〉中便是其最具體的告白。

這首長詩寫於安史之亂前夕，杜甫欲從京城長安往赴奉先家中的路上，全詩分爲三個大段落，第一段將平生志意娓娓道來，第二段痛陳國事之憂，第三段則道家變之哀，在個人與家國之間往復推衍，具現其民胞物與、以天下爲己任的襟懷，句句千鈞，感人肺腑。由於全詩太長，在此僅節錄首段杜甫自抒懷抱的吟詠，以窺杜甫追尋自我的坎壈悲懷。詩的開首兩句便充滿了自我批判與自知之明，臨老仍然只是一介布衣的杜甫，卻有著較年輕時更不易動搖改變的志意，「拙」是相對於知所變通的機巧聰明，這是杜甫深刻的自我認知，確立了全篇情深意摯的基調。因而，杜甫期許自身成爲輔佐唐虞的兩名賢臣稷與契，便不免顯得愚昧不堪了！這裡的「愚」與前面的「拙」適相呼應，愈發愚拙得牢不可破。「濩落」即是瓠落，語出莊子〈逍遙遊〉，指大瓠剖開後的空廓；果然，如此的志意是大而無當、無所依歸的，儘管如此，杜甫卻甘願爲此付出一生的辛勞，至死方休。換言之，只要一息尚存，便希冀這樣的志意有開展實現的一日，愚拙之願已然貫穿一生了。然而，這樣執著的心念其實是根於內心深沈的憂慮：爲百姓的生活發出由心底湧現的歎息，杜甫用「腸內熱」這樣具體的身體感應來描摹自身爲庶民之苦的震動。如此違反世俗價值觀的固執自然爲同儕所取笑，但是，越是受到譏訕，內在的情志就越顯激昂慷慨，浩歌不僅是鬱結的抒發，更加深了捨我其誰的堅定。

當然，這愈挫愈勇的走向，只是一種角度的邏輯，難道沒有另類的思考可供抉擇嗎？既然不被任用，爲何不能歸隱？杜甫自忖也並非沒有悠遊於江海之上、瀟灑度日的閒曠之志，但是，只要一念及生逢大唐帝國的堯舜之君，便不忍心與之訣別而歸隱。這兩句表面上是承「竊比稷與契」而來，既有堯舜，自無不做稷契之理，但細細思量，如果君上果爲賢君當會任賢用才，國家自能步上軌道，故接續的兩句便是以構廈作爲治國的譬喻，大唐既然人才濟濟，實在不會缺少杜甫一人，又何須「不忍」呢？再細尋繹，杜甫於此不免寄寓著溫柔敦厚的諷諭之意，暗示當今國勢政情正有著杜甫不忍驟離的沈痛吧！其實，堯舜之世既有賢臣稷契，也有隱者巢父與許由，典型在夙昔，最終，仍是一個抉擇的問題，而抉擇的根由自當是個人的情性了，杜甫以葵花、豆葉之傾於太陽，比喻自身「致君堯舜上，再使風俗淳」（〈奉贈韋左丞丈二十二韻〉）的志意根於天性。誠然，放眼世間，如螻蟻般只顧得個人營生的人比比皆是，爲何一定要企慕巨鯨呢？但是，既然作出抉擇，便只能以大海爲偃息之處。杜甫以螻蟻和大鯨爲對照，凸顯出自身的志趣，就算因此而耽誤生計，也在所不惜，這眞是「紈袴不餓死，儒冠多誤身」（〈奉贈韋左丞丈二十二韻〉）的沈痛註腳了。無法選擇螻蟻輩的營生之道，正是以事干謁爲恥，「干謁」乃指在權貴中鑽營以求任用與私利。儘管充滿了用世的熱情，杜甫從不曾放棄爲政的理想，就是這身傲骨，才令杜甫辛勤（兀兀）至此，所不忍的是，志業未竟而將埋沒於塵埃之中。如此永不言退的立身之道，終令杜甫自慚於隱者巢父與許由，但自慚中挺立的忠愛，卻也正是杜甫一往無悔、與巢由爭輝的自負。雖然，現實不曾動搖杜甫的志意，內在的積鬱與傷痛卻是日益深重，只能藉詩酒排遣尋求自適之道，而杜甫此篇正是激昂放歌以破愁絕的最佳寫照。

在前面所分析的本詩第一段中，杜甫綜述了個人追求自我實現的艱苦歷程，透過層層的自我剖析，杜甫「忠愛」根於天性的人格特質便在頓挫有力的自我反省中震撼著讀者的心靈。在接續的第二段中，杜甫開始了困頓的旅程，以夾敘夾議的方式呈顯出其對統治階層的批判與對庶民處境的悲憫，並歸結在「朱門酒肉臭，路有凍死骨。榮枯咫尺異，惆悵難再述」的痛陳中。由於此詩作後不久，就爆發了使唐朝元氣大傷、一蹶不振的安史之亂，杜甫防微杜漸的政治洞見亦於焉可見。至於第三段則記敘歷經千辛萬苦返抵家門，卻面臨「入門聞號咷，幼子飢已卒」的慘狀，杜甫強自振作地從「所愧爲人父，無食致夭折」的自責，到「默思失業徒，因念遠戍卒」的推己及人，同情共感的憂憫由肺腑中流出，浩瀚而無邊際，由此，更令人深體杜甫憂國實本於憂民的仁者胸懷。總而言之，這篇詩作的第二、三段正是第一段自我陳述的具體展演，全詩充滿了「路」的意象，完整呈顯了杜甫自我實現的心路歷程。

閒情意趣——日常生活的品賞

在前面的各個單元中，我們嘗試依情感的屬性作了一些區分，容或一些歸類標準是遊移不定的，都還能找出相應的憑藉；現在這最後一個單元中，所選諸作與前面最大的不同即是詩人情感的歸趨往往難以範限，然而，卻得以呈顯出詩人日常生活中的種種情趣，我們只能名之爲「閒情」，但這份無所爲而爲的意態，隨處生趣的品味，其實是最足以見出詩人的平素修養與生活智慧。

陶淵明〈讀山海經〉其一

孟夏草木長，遶屋樹扶疏。衆鳥欣有託，吾亦愛吾廬。既耕亦已種，時還讀我書。窮巷隔深轍，頗迴故人車。歡言酌春酒，摘我園中蔬。微雨從東來，好風與之俱。汎覽周王傳，流觀山海圖。俯仰終宇宙，不樂復何如。

在陶淵明詩集中，此詩與〈飲酒〉其二「結廬在人境」堪稱雙璧，最足以流露出詩人閒適從容的生活意趣。兩相比較，〈飲酒〉詩較具哲思，本詩則充滿了平凡簡約的生活之美。「孟夏」點出時序，對於農人而言，忙完了重要的春耕，初夏是略事喘息的美好時光，得以享受悠閒的家居生活；夏日趨暖的氣息使屋宇前後的草木滋生掩映，樹是鳥兒託身的安居，也是陶淵明茅廬的一部分，二句頗有萬物各得其所的況味。尤其，陶淵明先鳥後人的描述方式，更予人尊重自然的和諧之感。忙碌的春耕告一段落，讓陶淵明得以偷閒讀書，終究，陶淵明是一個文人農夫，儘管在日常生活中，他是一位全職的農人，爲了賺取一家人的溫飽，過著簡樸的生活，往來於純眞的鄰里；但早已養成的閱讀習慣以及經由讀書帶來情趣與慰藉，仍是不曾或改的。而且，此時擺落了「學而優則仕」的邏輯，更有著「無所爲而爲」的自在。居於遠離深轍大道的窮巷，使故人的車駕知難而退，這正是「結廬在人境，而無車馬喧」的因由，唯其如此，方能遂其「養眞衡茅下」的心願。遠離塵俗，使人更能回到本心，與大自然親炙，得以愉悅地酌飲新醅的春酒、自栽的蔬菜，滿溢著自給自足之樂，微雨、好風所帶來的清涼舒適又是那麼令人心曠神怡，值此情境愜意地隨興翻讀著講述神話故事的《穆天子傳》與《山海圖》，任憑想像馳騁於宇宙天地之間，悠遊自在、其樂無窮。這種釋放自我，與物俱化的境界，便是陶淵明一生所追尋的「眞」，也就是「自然」，它原本就在生活之中。

劉眘虛〈闕題〉

道由白雲盡，春與青溪長。時有落花至，遠隨流水香。閒門向山路，深柳讀書堂。幽映每白日，清輝照衣裳。

劉眘虛是與孟浩然、高適並世的盛唐詩人，現存詩作不過十來首，但在當世則是一位每有所得便驚衆聽的詩人，這首詩題已佚的作品，充滿著幽居的意趣。

首先，詩的前四句便開啓著物物相伴相隨，交融並現的畫面，道路循白雲而盡，春光緣青溪而長，意在點出所居的清幽深邃；時而有落花飄然而至，便遠隨流水暗送浮香。整幅畫面有青白與花色相間，落花輕點水面以及暗香浮動。幽居之門通往山上，濃密的柳樹掩映著書房，儘管是在白日都有著幽映之趣，但卻又不乏清輝的溫煦撫照。全詩顯現出與自然爲伴，物物皆恰如其分、相映成趣之美，帶給詩人無比閒逸自得的幽隱之樂，這首詩讓人充分體會到「一切景語皆是情語」的意蘊。

張旭〈山行留客〉

山光物態弄春輝，莫為輕陰便擬歸。縱使晴明無雨色，入雲深處亦沾衣。

張旭是唐代著名的書法家，與李白、杜甫同時。爲人性嗜酒，善草書，每於醉後號呼狂走，索筆揮洒，或以頭濡墨而書，變化無窮，若有神助，時人號爲

「張顛」。至唐文宗時更下詔以李白歌詩、裴旻劍舞、張旭草書爲三絕。張旭又能詩文，但今存詩作不過數首，這首作品便頗有藝術家隨興自得的意趣，頗堪玩味。詩的開首點出春陽下的山光物態，「弄」字深具動態之感，讓人充滿了光影變化的想像，使整座山頓顯精神，林木與晴光的相互掩映使身居山中的人時有陰晴不定之感，一時的「輕陰」往往阻擾了遊人的興致，開始有了「擬歸」的猶疑，詩人針對這樣的心情殷勤留客，徜徉於山林之中，最可貴的不正是那種變幻莫測的自然奇景嗎？何必執著於晴雨？又何須在意沾衣呢？縱使是晴光普照，隨著不斷攀升的腳步，入雲深處也會被嵐霧沾濡溼潤的。短短四句，不但緊扣「山行」的經驗，更充盈著「留客」的摯情，而詩人所啓引的正是一種心無掛礙、隨興自得的美感體驗。

孟浩然〈夏日南亭懷辛大〉

山光忽西落，池月漸東上。散髮乘夕涼，開軒臥閒敞。荷風送香氣，竹露滴清響。欲取鳴琴彈，恨無知音賞。感此懷故人，中宵勞夢想。

在中國詩歌史上，夏日之詩的數量不及春、秋甚遠，孟浩然的這篇堪稱個中翹楚，深得夏日生活的神韻。詩從日落西山，池月東昇寫起，規避了惱人的烈陽，直接進入最令人嚮往的夏夜，「散髮」是解除束縛，使下句的「閒」與「臥」意象鮮明，「開軒」、「閒敞」則又落實了「乘夕涼」。這兩句相互呼應，散發著夏夜最可貴的涼意與最難避免的慵懶。接續二句則寫風送荷香與露滴清響，不但緊扣池邊南亭的空間特色，也分別由嗅覺與聽覺以及膚觸來呈顯夏夜的感官經驗，水滴、微風益增夏夜的清涼，視覺的缺席又恰是夏夜慵倦的意態，爲末句入夢的伏筆。值此愉悅的夜晚，想要藉鳴琴抒懷，卻遺憾沒有知音，由此，不免懷念起遠方的故人，直至中宵入夢，緊扣著詩題「懷辛大」之意。雖然，這首詩結束在悠遠的懷人之夢，卻並不予人沈重之感，反爲整篇詩作的夏夜閒情憑添幾許遠韻。

王維〈山居秋暝〉

空山新雨後，天氣晚來秋。明月松間照，清泉石上流。竹喧歸浣女，蓮動下漁舟。隨意春芳歇，王孫自可留。

這首詩寫山居的秋日黃昏，隨興的閒情意趣沿詩行而走，在清新自然中透顯出寄世而又出塵的風韻。首句的「空山」點出寧靜的氛圍，雨過初霽更添清新潔淨之感，這樣的黃昏使人頓生秋意。明月與松，清泉與石，王維不爲它們多加修飾，讓它們以最始原、最單純的樣貌呈現，只是將兩個動詞「照」、「流」，從一般習慣的置於句中改爲句末，不但凸顯了兩個動作，同時，使兩組名詞間的關係得以不受主從的限制，而成彼此烘托、共同呈顯的互動狀態，在大自然中，物與物間並無先後主從，任何的遇合都是偶然吧！浣衣的女孩穿過竹林，傳來一片喧鬧聲，水面上漁舟划行，蓮葉紛披，這兩句的動盪熱鬧與上兩句的靜穆形成對比，這不但基於描繪的對象，更出於特殊的語構，詩人將「竹喧」、「蓮動」置於句首，不但因為感官經驗是先聞竹林之聲、先視蓮葉之動，更具有強化的作用。兩聯流暢的對偶將秋意的夜晚，呈顯得無處不美，儘管這意味著春芳已歇，但「隨意」便無所拘執，也就無處不愜意了。末句王維反用《楚辭》〈招隱士〉：「王孫兮歸來，山中不可以久留。」之意，以無時不美、隨遇而安，呈顯流連隱居之樂的大自在！

李白〈自遣〉

對酒不覺暝，落花盈我衣。醉起步溪月，鳥還人亦稀。

李白的嗜酒與詩才同為千古的美談，兩者更似有著相互依存的關係，在李白的詩中有著嗜酒的豪情、瀟灑、飄逸、狂放、天真，也同時透露著內在的鬱結、愁緒、不滿乃至不安，往往予人驚天動地的震懾；但這首詩寫酒醒後的寧靜和諧，則是另一番風貌。首句的「暝」固然是指日暮黃昏，但這幅昏沈的景象，似乎也正是醉態吧！李白喝酒總是盡情暢意，不醉不休的，在酣酒中不覺睡去當是平常的經驗吧！只是，或許不是每次都有如此愜意自足的美感，落花在「不覺」中飄落衣上，「盈」是言其多，也暗示時間的推移。當然這都是「醉起」方才覺察到的，在迷濛中清醒，但見滿身的落花，這是多麼美的經驗啊！緩步溪邊賞玩水中月影，四周的靜謐使詩人意識到倦鳥歸巢、人行稀少的安寧與孤獨，但此刻的孤獨是充滿和諧自在的，使人忘憂。

李白〈山中問答〉

問余何事棲碧山，笑而不答心自閒。桃花流水窅然去，別有天地非人間。

這首詩也是充盈和諧氣氛、自得之樂的作品。開首的問答雖不免突然，卻有著直扣主題的爽朗，「笑而不答」則是一幅自得的神情，畢竟棲隱碧山只在一個「閒」字，但閒適的體驗，正在擺落人間的諸般牽絆與功用目的，故無法回答意含預設目的性的問題；境由心生，只能心領神會。詩的後兩句便以意象呈顯這種只堪自領略的境界；與桃花流水爲伴，徜徉於幽邃深遠的深林之中，這是一個與人間迥異的天地，其之難以言傳正在於此，所謂的閒適不也就在這種超脫嗎？如果說陶淵明的「此中有眞意，欲辨已忘言」，充滿了哲學反思的智慧；李白的這首詩則是充盈著美感的直覺。

杜甫〈江畔獨步尋花〉七絶句選其五、其六

黃師塔前江水東，春光懶困倚微風。桃花一簇開無主，可愛深紅愛淺紅？

黃四孃家花滿蹊，千朶萬朶壓枝低。留連戲蝶時時舞；自在嬌鶯恰恰啼。

這一組詩是杜甫晚年卜居浣花溪草堂暫得安居時期的作品，原有七首，各詩獨立又語意銜接，此處選取其中描寫春光瀾漫，春花盛開的自然美景，以見杜甫

體物的細膩與情切。在這組詩的第一首杜甫開章明義便有著「江上被花惱不徹，無處告訴只顚狂」的心情告白，第二首則有「稠花亂蕊裹江濱，行步欹危實怕春」，道出所以被花惱的因由乃在於老年逢春的驚懼，但杜甫並不因此而落入自傷的情緒中，而有著「報答春光知有處，應須美酒送天涯」（第三首）的自遣自樂。在這裡所選的第四首中，先點所在位置，「師」指僧侶，「塔」則是僧死後的葬所，描寫塔前東流的江水，多少有著逝者如斯，死生天定之慨，縱或不免感傷，卻總不敵眼前的春色引人，杜甫以「懶困」寫春日的和煦慵倦，用「倚微風」狀摹徜徉其中的陶醉。接續則是桃花繽紛燦爛的特寫，「開無主」既是呼應首句的師亡塔在，也多少透顯出自然的運行是無關乎人事的存廢，滄桑只是人的觀點。末句的深紅、淺紅交相迭映，不但凸顯出色彩的層次之美，在「可愛」又「愛」之間，更有著目不暇給，難以定奪的沈醉。

至於第五首則是續行至黃四孃家之前，「花滿蹊」與前處的「一簇」形成對比，第二句便在充實一個「滿」字，「千萬」雖有誇飾之功，卻仍待「壓枝低」的姿態才得以見其豐美。末尾的對偶句，以無比的工巧烘托出造化之功，戲蝶與花朵共舞；鶯聲婉轉嘹亮，共織一幅有聲有色的迤邐春景，「時時」與「恰恰」都有著稍縱即逝的「當下」感，因而「留連」、「自在」的又豈是鶯蝶而已，更是人與春光繾綣的唯一情態吧！杜甫將春日的感物情懷化作一場尋花之旅，把「只恐花盡老相催」（第七首）的驚懼轉爲熱切的擁抱，有感於「繁枝容易紛紛落，嫩蕊商量細細開」（第七首），如果能夠許願，杜甫要的只是在緩緩的春光中細細的品味。

梅堯臣〈魯山山行〉

適與野情愜，千山高復低。好峯隨處改；幽徑獨行迷。霜落熊升樹；林空鹿飲溪。人家在何許？雲外一聲雞。

梅堯臣是與北宋歐陽修同時的詩人，他主張詩歌應「意新語工」、「狀難寫之景，如在目前，含不盡之意，見於言外」的詩論影響宋人詩觀甚遠，同時，也可以作爲掌握其詩風的最佳提示。這首詩寫一次山行的經驗，全詩情景交融的呈顯出愜意於野趣的欣悅自得，首句的「適」字是一種偶然的相契相合，一種不待安排規劃的野遊，方足以應和「愜」字的感受。「千山高復低」簡約地刻劃群山繚繞的起伏之勢，峰嶺之美隨著行進的視野變化無窮；獨行訪幽的腳步也不免在曲徑中迷失。這兩句寫得平淡卻如此自然的呈顯出人與山的互動，落實山行幽映的旨趣。接續兩句寫熊升樹、鹿飲溪，野情畢現，而霜落、林空則更顯清冷幽靜。但這份幽情野趣，並非遠離人世，森然荒涼，詩人用一聲雞啼呼喚出人家，使人頓感溫馨，而「雲外」的指向又不失幽遠之趣。呈顯出恰如其分的野情。這首詩在平淡自然的詞語中充滿了推陳出新的意趣，令人細味越久，越覺雋永。

梅堯臣〈秋日家居〉

移榻愛晴暉，翛然世慮微。懸蟲低復上；鬥雀墮還飛。相趁入寒竹；自收當晚闈。無人知靜景，苔色照人衣。

這首詩寫秋日家居的閒情，意趣全在細膩生動的摹景中呈現。首句先讓人見到一個逐秋陽以閒臥的詩人影象，徜徉舒暢的神態溢於言表，在此情境中，俗世的憂慮也就漸漸淡去，「翛然」便是自然而然無欲無求的心境。不過，這樣的心境則是要在下面的靜觀中方得以具體顯現，「懸蟲」是牽掛在枝椏蛛絲間高低起伏的小昆蟲，它們似乎毫不疲憊地玩著昇昇降降的遊戲；麻雀相互鬥弄，落地還復飛起地彼此追逐。接下去的兩句是交錯銜承，一句寫雀鳥此起彼應的飛入帶著寒氣的竹林之中，一句寫天色漸晚懸蟲也收拾玩興消失在暮色中。從首句的「愛晴暉」到此處的暮色低垂，使人感知到時間在詩人的閒情中悄悄的推移，這種清幽寧靜之趣是無人知曉也無人與共的，其中似乎有著孤寂的況味，但是詩人竟能將「門可羅雀」的門庭寫得如此自在悠閒，意趣橫生，孤獨在此也當是一種享受了！詩末結束在蘚苔的濃綠與詩人衣衫的相互輝映中，苔色之所以映照人衣當是向晚微弱的光影所致吧！詩人居處的幽深，任情自然的閒適都蘊涵在此不盡之意中。

王安石〈北山〉

北山輸綠漲橫陂，直塹回塘灩灩時。細數落花因坐久，緩尋芳草得歸遲。

北山即是今日南京市的鍾山，因在城北而名爲北山，王安石曾數度在江寧府爲官，變法失敗，罷政後也居於此處，對其地有著特殊的情感，集中抒詠其地風光的作品也很豐富，本詩即是其中的佳作。詩的首句寫北山的蔥鬱，飽滿的綠色溢洩瀰漫到蓄水的橫陂上，巧妙的將青山與綠水融合爲一，溝渠與池塘中閃爍著波光，「直」與「回」更描繪出水池或方或曲的線條。這兩句寫的是遼闊的山水，下兩句則是詩人細膩賞玩的心境，「細數落花」何其悠閒忘我，「緩尋芳草」又何等從容自在，當人沈浸在與自然中一花一草的親暱中，時間當然就在不經意中流逝了，「因坐久」是依戀，「得歸遲」便是不捨了。其實，在日常生活中，人的容止總是心情的指標，王安石以兩個具體的動作呈現悠閒從容的感受，令人更易心領神會。

王安石〈書湖陰先生壁〉二首選一

茆簷長掃靜無苔，花木成畦手自栽。一水護田將綠遶，兩山排闥送青來。

這首詩題中的「湖陰先生」姓楊，名驥，字德逢，是王安石晚年居江寧（金陵）鍾山的鄰居，王安石與其過從甚密，並將其比作陶淵明，這首詩便是王安石造訪先生的山居，而於壁上的題詩。這首詩中有著膾炙人口的寫景佳句，傳頌一時，也深獲後人的美評，而其用意的巧妙更在於一片美景之下，主人的性情、精神宛然可見，章法謹嚴，恰如其分。詩首是茅屋草堂及其四周的近景，屋宇四周的無苔緣於主人的勤掃，環境的潔淨清幽已躍然紙上。花木成畦則是繁盛齊整的人工栽植，在幽靜中又有幾分熱鬧，主人的講究與品味也於焉可見。在這兩句中詩人顯然是在山林的野趣中意欲凸顯人居的情味。接續的兩句則將視線移向遠方，低處是溪水蜿蜒，環繞著綠油油的農田，高處是對峙的山嶺，將一片青綠送入眼中，不論是「護田」的溫柔，或是「排闥」（意指推門而入）的粗獷，都恰切生動的掌握住山水不同的姿態。二句詩也具現了湖陰先生山居得天獨厚的觀景視野，湖陰先生的閒情，王安石的意趣，可謂相得益彰。

蘇軾〈舟中夜起〉

微風蕭蕭吹菰蒲，開門看雨月滿湖。舟人水鳥兩同夢，大魚驚竄如奔狐。
夜深人物不相管，我獨形影相嬉娛。暗潮生渚弔寒蚓，落月挂柳看懸蛛。
此生忽忽憂患裏，清境過眼能須臾。雞鳴鐘動百鳥散，船頭擊鼓還相呼。

這首詩是蘇軾在一次寄宿舟中而夜起的情事，首句寫蕭蕭的風聲吹撫水邊植物菰蒲的聲音，這當即是睡中夜起的緣由吧！但第二句不但從夜起展開了夜行，「看雨」更讓人恍然於原來先前朦朧夜起中所聽到的風聲其實是雨聲，在細雨的烘托下月光照在湖上益增幾許迷人的風韻。舟人與水鳥常相伴而行，此時當也同入夢鄉了吧！將舟人與水鳥融在一夢中，既自然又具奇想，人鳥入夢予人無比靜謐之感，但時而又有大魚受驚後的竄動，其迅捷猶如奔竄的狐狸，一靜一動形成鮮明的對比，正是以動寫靜的筆法。在此深夜，萬物都在享受著難得的孤獨，彼此不相干擾，詩人便得以細細品味著唯有形影相伴的清幽之趣，「相嬉娛」透露出詩人自得其樂的態度。但眞正傳神的愜意則更在下面的兩句：夜晚漲潮水溢岸渚宛若蠕動的寒蚓，即將西沈的落月映現在柳絲之間，宛若懸挂在細絲間的蜘蛛，蘇軾以這兩幅令人耳目一新的圖象來寫此刻經眼的世界，「清境」便是當下內外共生的境象。回首一生的歲月都在憂患中匆匆而逝，難得的「清境」稍縱即逝，更是彌足珍貴。儘管如此，這番夜起的沈酣與悠遊終將被破曉的雞鳴與鐘聲劃破，隨著聲響的驚動，原先棲止的衆鳥也群起散飛，在此同時，舟人也在船頭擊鼓相呼喚了。詩的開首有著「舟人水鳥兩同夢」此處則以兩清醒作結，不但章法謹嚴，更是一幅有聲有色的水邊破曉圖。破曉的來臨更印證了「清境過眼能須臾」，然而，正是這番徹悟，使蘇軾留給我們的不是無盡的悵惘，而是及時擁有的飽滿自足。

蘇軾〈惠崇春江曉景〉

竹外桃花三兩枝，春江水暖鴨先知。蔞蒿滿地蘆芽短，正是河豚欲上時。

這是一首題畫詩，畫的作者是宋初的和尙惠崇，頗富詩名，但畫名尤高，善於工繪小景，時人稱之。「題畫詩」是題於畫作上的詩，除了以文字描摹圖象與畫意外，如何使畫境延伸，與題詩者的生命情境融合，則更是題詩者的功力了，否則，題畫詩就只能是畫面的附屬品，缺乏獨立的生命，更無法彰顯語言文字與線條筆墨的不同境界。詩的首句當是描寫畫面上所呈現的與竹林參差而見的三兩枝桃花，直接點出「曉景」，曉即是早，桃花初綻，正是早春景象，次句寫江上寒鴨戲水，應當也是畫面所有，但蘇軾並不以描摹表象爲足，而是以物觀物，深體鴨子快活悠游，實乃先於他物感知到春水的由寒轉暖，結合著前句不正傳遞著物物皆以各自的姿態發出「春來了！」的禮讚，蘇軾不但成功的使畫面由靜而動，更由視覺意象延展出觸覺意象，用「暖」字來具現春的實感。第三句的「蔞蒿」是一種水草名，「蘆芽」則是蘆葦的嫩芽，又名蘆筍，這兩種植物或是滿佈江邊，或是初抽短芽，都是春暖的延伸，至此，「春江曉景」的意象已經完足，但蘇軾在末句卻發揮「聯類無窮」的本事，將詩境擴展至畫面外，春江水暖令人聯想到河豚每於初春江水上漲時，由海逆游而上，入於江河之中的情景，由於畫面受到觀點的限制，無法同時呈現水上與水下的活動，但不受時空局限的詩句則能同時並現多元的想像，更豐富了春江的物象，也觸動了不同的感官：河豚的內臟與血液含有劇毒，卻肉質鮮美，一向爲老饕所愛，加以蔞蒿、蘆芽都是烹煮河豚最佳的佐料，蘇軾的春到之感便又幻化出味覺感官，而蘇軾美食家的生活品味也於焉可見。這樣一首題畫詩，不但凸顯了觀畫的意趣，也具現出詩人的風雅，新意迭起，令人賞愛不已。

黃魯直〈王充道送水仙花五十枝，欣然會心，為之作詠〉

凌波仙子生塵襪，水上輕盈步微月。是誰招此斷腸魂，種作寒花寄愁絕？

含香體素欲傾城，山礬是弟梅是兄。坐對真成被花惱，出門一笑大江橫。

這首詩出於日常生活友朋間的饋贈，由於送的是水仙花自然就更添幾許文人的風雅之味，那麼又有什麼比細細賞玩，對花吟詠，更能回報贈者的盛情美意呢？詩的開首黃庭堅化用曹植〈洛神賦〉：「凌波微步，羅襪生塵。」之句，刻畫出一位風姿綽約、體態輕盈的仙子，迎面而來，似眞似幻令人恍惚不已。下兩句則是意欲綰合水「仙」與仙女的關聯，黃庭堅雖然採用的是擬人的手法，將花比美人，但卻摒棄明喩的呆板，而化作一個奇問，問的是：是誰招惹這樣一個令人斷腸的魂魄，使其在寒日中綻放，讓人寄託深切的愁思。如此的用意法，彷彿為水仙編織了一個神話，使水仙成為仙女的化身，並同時為水仙渲染了我見猶憐的本質，替賞花可能滋生的愁緒預下伏筆，意念推陳出新。至於下面一句更從其芳郁與素淨來寫其傾城美人之姿，並以另兩種花山礬與梅作為烘托，這兩種花都是黃庭堅所愛，山礬更是由其所命名，是一種春天開放、極為芳香的小白花，詩集中也有專詠此花的作品，可見黃庭堅甚為偏愛是類素淨淡雅香氣馥郁的花朵。

詩人如此與水仙花面面相覷，賞之、憐之，竟然不覺愁懷暗生，「被花惱」之語不禁使人想起杜甫「江上被花惱不徹，無處告訴只顛狂」之句，杜甫選擇的是細細的沈浸與耽玩，黃庭堅則是瀟灑的「出走」，「出門一笑」似乎是一個超脫的我對適才幽怨的我不覺莞爾，「大江橫」固然是指其荆南沙市的寓所前臨長江，但簡約的三字充滿了開闊的氣象與豪壯的氣魄，或許此詩的末句最能展現詩人兀傲縱恣的本色，但是與前對照，似乎也在透露詩人細膩多情的一面，日常的感物最易不經意呈顯出人們自然的本性。

進階書目

《情感與形式》蘇姍・朗格，中國社會科學出版社，一九八七年。
《抒情的境界》蔡英俊，聯經出版社，一九八二年。
《比興、物色與情景交融》蔡英俊，大安出版社，一九八六年。
《六朝緣情觀念研究》陳昌明，臺大中國文學研究所碩士論文，一九八七年。
《中國抒情傳統》蕭馳，允晨文化公司，一九九九年。
《迦陵談詩》葉嘉瑩，三民書局，一九八三年四版。
《迦陵談詩二集》葉嘉瑩，東大書局，一九八五年。
《意象的流變》蔡英俊，聯經出版社，一九八二年。
《山水與古典》林文月，純文學出版社，一九八一年三版。
《八代詩史》葛曉音，陝西人民出版社，一九八九年。

《歷代詩選注》陳文華等選注，里仁書局，一九九八年。
《詩選》戴君仁，中國文化大學出版部，一九八八年。
《續詩選》戴君仁，中國文化大學出版部，一九八四年。
《唐詩選注》余冠英，華正書局，一九九一年三版。
《唐詩選注》歐麗娟，里仁書局，一九九七年修訂一版。
《唐宋詩舉要》高步瀛，宏業書局，一九七七年再版。

國家圖書館出版品預行編目資料

中國抒情詩的世界

蔡 瑜著. – 初版. – 臺北市：臺灣學生，
2005 [民 94]
面；公分（中華民國中山學術文化基金會中山文庫）

ISBN 957-15-1293-1 (平裝)

1. 中國詩 – 評論

821.886　　　　94025879

中華民國中山學術文化基金會中山文庫

中國抒情詩的世界

主編：劉真
著作者：蔡瑜
發行人：盧保宏
發行所：臺灣學生書局有限公司
臺北市和平東路一段一九八號
郵政劃撥戶：○○○二四六六八號
電話：(○二)二三六三四一五六
傳真：(○二)二三六三六三三四
E-mail:student.book@msa.hinet.net
http://www.studentbooks.com.tw

本書局登記證字號：行政院新聞局局版北市業字第玖捌壹號

印刷所：長欣彩色印刷公司
中和市永和路三六三巷四二號
電話：二二二六八八五三

定價：平裝新臺幣二二○元

中華民國九十五年一月初版

82119

ISBN 957-15-1293-1 (平裝)